그렇게 무던히
고요해지고 싶어

그렇게 무던히
고요해지고 싶어

펴낸날　**초판 1쇄** 2024년 12월 13일

지은이　이정영

펴낸이　강진수
편　집　김은숙, 설윤경
디자인　Stellalala_d

인　쇄　(주)사피엔스컬처

펴낸곳　(주)북스고　**출판등록**　제2024-000055호 2024년 7월 17일
주　소　서울시 서대문구 서소문로 27, 2층 214호
전　화　(02) 6403-0042　**팩　스**　(02) 6499-1053

ISBN　979-11-6760-089-9　03810

그렇게 무던히
고요해지고 싶어

이정영 에세이

Booksgo

◦ 프롤로그 ◦

계절이 끝자락에 다다르면 늘 비가 내리곤 했습니다. 바닥을 흠뻑 적시고 난 다음 날은 이전들과 달리, 기온이 사뭇 다르게 느껴지기도 했고요.

그래서인지 계절과 계절 사이에서 쏟아지는 비는 무대 위의 커튼이 내려가는 모습과 흡사하단 생각을 합니다. 하나의 장면이 비로소 막을 내리었고, 이 커튼 뒤에는 또 어떤 세상을 펼치려 하고 있을지 내심 기대하기도 합니다. 그리하여, 저는 새로이 찾아온 계절을 눈 여겨가며 찬찬히 감상하는 일이 참 즐겁습니다.

가을이 들어서기에 앞서서도 어김없이 비가 내렸습니다. 가을은 비워지고 소멸하는 계절이라는데, 어째서인지 제게는

인(因)과 연(緣)이 맺어지는 계절이네요.

2024년의 하반기에 들어서서는 지금 살고 있는 망원동의 어느 카페에서 '가을'이라는 주제의 사진 전시를 진행했습니다. 그러면서 처음 마주하는 사람들과 얼굴을 맞대고, 대화를 나누고, 연분을 맺던 소중함이 채워졌지요.

물론 예나 지금이나 사람 앞에 서는 건 마냥 수줍기만 합니다. 만나는 분들에게 무슨 말을 해야 할지도 잘 모르겠고, 오는 말에는 또 어떤 반응을 해드려야 할지 몰라 행동이 고장 나던 경우도 종종 있었고요.

그렇다고 사람을 대하는 게 서툰 제 자신이 마냥 싫지는 않습니다. 조심스러운 만큼 알맹이는 꽉 찬 시간으로 채울 수 있으니까요.

'당신은 어떤 삶을 살고 있나요'가 제가 제시하는 대화의 주된 내용이었습니다. 저는 산다는 것을 '앓음'으로 여깁니다. 주어진 나날을 어떻게 채워가면 좋을지 매일 고민하고 있어요. 지속적으로 무언가를 한다는 것은 때론 괴롭고 힘든 일입니다. 그것이 삶 자체이기도 하고요.

'후회'라는 단어는 또 어떻게 생각하시는지요. 저는 웬만하면 내 삶에서 후회라는 낱말은 배제하려 하고 있습니다. 후회 대신 필히 거쳐야만 하던 '기억'이라 칭하여 좋은 것은 좋은 대로, 그렇지 못한 것은 그보다 나은 대로 현재의 삶에 적용하고 집중하며 삽니다.

세상에 태어났다는 것은, 앓고 닳아 가는 일. 스스로를 태워 보기도 하고 달래어 보기도 하는 것이며, 누군가의 품으로 시작하여 누군가의 손으로 마침표를 찍어 주는 삶.

참 애틋하지만서도 아름답지 않나요? 그래서 우리 곁엔 서로를 보듬는 무언가가 꼭 필요합니다.

그러니 부디, 맺음이 많은 삶을 사시길 바랍니다. 눈앞에 보이는 것들에 예쁨을 부여하고, 내 삶을 사랑하고, 누군가의 삶을 포용하고, 서로를 이해하고 존중하는 우리가 되었으면 합니다. 우리는 그러려고 태어났습니다.

이정명

◦ 차례 ◦

04 내게 어깨를 내어 줄 사람에게

05, 축복을 빌어요

01

세상이

왜 예쁜지를

묻노라면

#결함으로

가득히 차오른다

그렇다. 사랑은 어쩌면 결함의 또 다른 의미이다. 온전하지 못한 두 사람이 만나 서로의 흠에 흠을 끼워 넣는 일. 내 마음의 빈칸을 서로의 이름으로 적어 주는 것이다.

나는 그래서 '연인'이란 말이 참 다정하게 들린다. 누군가 이 단어가 촌스럽지 않냐고 묻는다면, 나에겐 촌스러운 것이 더할 나위 없이 최고로 아끼는 사랑이라 말할 것이다. 사랑이 없는 세상을 살아간다기엔 나는 그럴 용기조차 지닐 수 없고, 그런 세상을 받아들일 수 있는 사람이 결코 아니다. 사랑이란 감정이 공백을 거치는 동안 잠시 쉬어갈 수는 있어도 그걸 온전히 포기한 채로 살아갈 수는 없다. 그건 죽음에 이르러서까지 변함없다고 고집할 것이다.

나에게 욕심이 있다면 그건 세상을 좀 더 따뜻하게 바라보고 싶은 거고, 그리고 내 상대에게 그 따뜻함을 하나씩 꺼내어 보며 전해 주고 싶은 거다.

아, 어쩌면 이러한 생각이 결국 나의 결함으로 이어질지도 모르겠다. 꿈을 꾼 적이 있는 사람이라면 아마도 알 테지. 자신이 바라고 소원하는 무언가가 있다면, 그것은 결코 나 혼자서 채워 낼 수 없는 영역이라는 거.

나는 어디서나 그늘 속에 숨어 몰래 울어보기도 했고, 그 사실을 누가 알아주길 바라던 것은 아니지만, 그게 아주 가끔은 서러워질 때가 있다. 사무치게 슬퍼지더라. 내 이면을 나만의 비밀인 양, 숨죽인 채 방치하고 있는 것이.

그때부터였을 거다. 내가 사람의 이면에 집중하려고 하는 습관이 생긴 것이. 나를 투명하게 바라봐 주는 이에게 마음의 문을 열어 내려 노력하게 된 것이.

나는 어느 순간부터 나에게 숨어 조용히 울 수 있는 누군가의 그늘 같은 사람이 되고 싶다고 읊조리게 되었다. 세상이 마냥 밝다고 할 수는 없으니, 조금 어둡더라도 그 안에서 따뜻함으로 채워 가며 살아갈 수 있다면 좋겠다.

당신이 밖에 나가서 씩씩한 척 다하고 돌아오면, 나는 당신에게 다가가 가슴을 한 폭 내어 줄 거다. 이리저리 휘청이고 휩쓸린 대단히 힘든 하루를 잘 이겨 냈다고. 이제 실컷 울어도 좋다면서 말이다.

당신과 나. 우리는 결함투성이. 서로를 바보라 칭할 수 있는, 때론 미움으로 등 돌리다가도 사랑으로 뒤돌아보는 우리 둘 사이.

그런 너와 나의 삶의 무게가 그 눈물 몇 방울을 타고 조금은 가벼워질 수 있기를 바란다. 사랑이란 이름으로 매일 기대고 채워지며 적잖이 행복할 수 있기를 바란다.

[#]부드러운 물살

충족과 결핍 사이에서 나는 결핍에 약간은 더 가까이 위치한 사람이었다. 채워지는 것보다 비워진다고 느껴지던 기억들이 아른하다. 내가 속해 있던 어느 집단에서든 한 명쯤은 모진 사람이 있기 마련이었고, 나는 그 모진 행동으로 인해 모서리가 쉬이 깎여 나가기 일쑤였다.

초반에는 나를 사랑하는 방법에 대해서 그다지 심도 있게 생각해 본 적이 없었다. 스스로를 혐오할 정도는 아니었고, 그렇다고 나를 좋아하던 적도 잘 없지만, 뭐 아무렴 이대로 살아도 괜찮을 거라는 식으로 얼버무리며 지내오곤 했다. 상처받는 건 이미 익숙한 일이었고, 앞날을 대하는 태도에 있어서도 별다른 관심이 없었으며, 때론 살아 숨 쉬는 것 자체만으로도 성가심을 느꼈다.

참 많이 울었던 것 같다. 내게 주입되던 사랑들을 작은 한 꼬집에 의해 뜯겨 나간다는 이유로 받아 내기를 마다했다는 것이 마냥 안타깝기만 하다. 나는 세상과 당당히 맞서기엔 너무나도 나약하고 여린 사람이었다. 그 시절에 나는 나를 감내하지도, 담아내지도 못했다. 큼지막한 바위들 사이를 비집고 간신히 버티려던 작은 돌멩이 한 덩이에 불과했다.

나는 세상이 다정해지기를 바랐다. 변화를 주도하는 선구자가 아니라면, 내가 나에게만이라도 잔잔히 흘러내리는 부드러운 물살로 일굴 수 있기를 바랐다.

매섭고 날카로운 테두리를 지닌 돌멩이를 작고 동글동글한 모양으로 새로이 깎아 내는 일. 내가 나를 사랑할 수 있도록 내 마음을 충분한 모양새로 가다듬는 시간을 지닌다. 그럼 나는 그 작은 조약돌을 언젠가는 좋아하게 되지 않을까.

살아가는 데에 있어서 사랑이라는 단어 없이 숨을 쉴 수 있을까. 남과 여의 본능적인 끌림에 의한 사랑 이외에도 그 단어가 지닌 의미의 범주는 너무나도 광활하다. 측은히 여기는 마음. 나에게는 그 측은함이 사랑이라 칭할 수 있는 기반이 된다.

나는 누구보다 나 자신을 측은히 여긴다. 어느 순간부터 나는 나를 아끼고 치켜세우는 일에 신경 쓰기 시작했다. 부정에 가까운 요소들은 배제하고, 나를 편안함으로 채울 수 있는 것들에 집중한다. 책 속에서 가슴에 와닿는 문장을 수집하고, 내 눈에 비친 예쁜 꽃의 꽃말을 되뇌고, 아기들의 웃음소리를 주워 담고, 어르신들의 느린 뒷모습을 응시한다. 크고 작은 동식물들의 안녕을 묻고, 하늘을 수놓은 별들을 존경하고, 어제의 나에게 위로를 건네고, 내일의 나에게 응원을 보낸다. 나는 이런 나날들을 누릴 수 있는 나를 정말 좋아하기로 했다.

스스로에게 사랑을 주입하는 것이 삶을 대하는 데에 있어서 무엇보다 중요한 요소이자, 가장 우선이 되어야 하는 마음가짐이란 걸 체감하고 있는 요즘이다. 자기애가 높은 사람과 대화를 나누다 보면, 그 사람은 세상을 참 주도적으로 살아간다는 걸 느낀다. 자신의 의견이 분명하고, 상황의 옳고 그름을 분간할 줄 안다. 하물며 '그럴 수도 있지'라며 그름까지도 포용하려 하는 모습은 내게 적잖은 감동으로 다가오기도 했다.

그런 태도는 시야가 넓은 사람에게서 나타나는 여유로움에 비롯된 것이라고 느꼈다. 나는 내 세상을 넓게 바라보고 싶

다. 나는 그런 여유로움이 내게도 깃들길 바랐고, 내 곁을 그
런 사람들로 한가득 채워 가고 싶다.

#

그런 너와 나의 삶의 무게가

그 눈물 몇 방울을 타고

조금은 가벼워질 수 있기를 바란다.

#사랑도 행복도
노력 없인 이룰 수 없다

"뭘 하면 행복할 수 있을까?"

한 친구와 통화를 하며 일상적인 대화를 나누다 보니, 어느 기점부터 행복에 관한 이야기를 공유하고 있었다.

친구는 그랬다. 행복이라는 단어에 물음표를 띄우게 되는 순간만큼은 더러 힘들어진댔다. 나는 그리 행복하지는 않은 가보다 라고 느끼게 된댔다.

"꼭 뭘 해야 행복한가? 뭘 하지 않으면 행복하지 않은 건 가?" 하고 나는 친구에게 되물었다.

아무것도 하지 않는 것이 결코 불행을 의미하는 것은 아니라고 생각한다. 적어도 나는 집에서 무엇 하나 하지 않고 가만히 있을 수 있는 시간을 가장 편안히 여기고 있고, 또 즐겁다는 입장이니 말이다.

"너는 평소 좋아하는 게 뭐야?"라고 물었더니 친구가 말했다.

"그냥 집에서 게임하고 좋아하는 영화나 드라마 보면서 맛있는 거 먹는 걸 좋아하지."

"오~ 뭐 그것도 나름대로 소소한 행복이네. 그럼 맛있는 건 뭐 좋아하는데?"

"뭐든 좋지. 이왕이면 단 거. 뭐 보면서 먹을 만한 아이스크림? 이런 거."

"뭐야, 자기 시간 확실하네. 그럼 그런 거 할 때만큼은 편안하고 즐겁지 않나?"

"그렇지. 근데 그런 거 말고는 뭐 없는 거 같아서."

나는 "음~" 하며 고개를 끄덕거렸다.

"너는 뭐 좋아하는데?"라며 친구가 내게 물었다.

"나는 뭐, 밤에 아이스크림 먹으면서 산책하기? 이런 거 좋아하지. 그런 거 말곤 딱히 없어 나도."

"그래? 소박하네."

"소박하지."

수화기 너머는 한동안 정적이 흘렀고, 이후 친구가 한숨을 짙게 내뱉은 뒤 말을 이어 나갔다.

"후.. 일이 힘들어서 그런가. 좋아하던 것들이 이제는 지루하게 느껴진다고 해야 하나? 내가 언제 행복했는지 기억도 잘 안 나. 무언가를 느끼려면 뭐 대단한 걸 해야 하나 싶던데.. 아닌가? 이제는 잘 모르겠어."

나는 잠시 침묵했다. 그 말에 어떤 마음이 담겨 있는지 조금은 이해할 수 있을 것 같아서였다. 단지 내 주관에 불과할 뿐이겠지만, 어쩌면.. 아마도 다가올 내일을 불안해 할 수밖에 없는 마음에서 비롯된 괴로움이겠거니 싶어, 이내 "아." 하고 작게 탄식했다.

나는 이런저런 상황이 동시다발적으로 일어나거나, 혹은 머릿속에 유입된 생각들을 정리할 여지가 없는 환경에 놓이게 되면 그날이 지치고 다가오는 앞날을 두려워하곤 했다. 이윽고 찾아오는 불안감은 와류에 빨려 들어가는 잎새처럼 육체와 정신을 집어삼킨다. 희망을 쥐고 있던 손바닥에 힘이 풀리고, 나라는 존재의 비중이 흐릿한 삶 속으로 서서히 녹아든다. 옛 추억거리나 들춰 보고 회상한다. "그때 참 즐거웠구나." 하면서 혼자 중얼거린다. 축 처진 어깨를 이끌고 밖을 나선다.

행복을 다짐하는 이들이 지금을 불행으로 여기지 않았으

면 좋겠다. 나는 평소 좋아하는 것들이 참 많다고 사람들에게 이야기한다. 예를 들면 친구에게 말했던 것처럼 어스름한 밤에 아이스크림 하나를 손에 쥐고 산책하는 것도, 늦은 시간까지 운영하는 목욕탕을 찾아가 탕 안에서 홀로 고요함을 느껴본다든지, 좋아하는 시를 필사하거나 녹음해서 소장한다든지, 집에서 일렉기타를 연주하는 것도, 한강을 따라 아무런 생각 없이 달리는 것도, 새롭게 발견한 꽃의 꽃말을 알아내는 것도 좋아한다.

별거 아닌 것들이라지만 나에게 있어서 분명한 취향들. 취향은 곧 애정이고, 애정은 곧 행복이다. 좋아하는 것들이 곳곳에 많을수록 행복은 내 곁을 항상 거닐고 있는 것이라 말할 수 있지 않을까. 나는 그래서 내가 자주 오가는 거리마다 좋아한다고 말할 수 있는 것들을 하나둘씩 채워 두고 있는가 보다. 행복에 가까워짐으로써 조금이나마 덜 불행했으면 하는 마음이라서.

산다는 게 참 내 맘 같지 않고 힘든 일인가 보다. 세월이 흘러갈수록 힘듦의 농도는 더더욱 짙어지는가 보다. 그만큼 삶을 대하는 태도는 이전보다 성숙해질 수 있을 테고 말이다.

지금을 만족하기도 하고, 때론 만족을 못 하기도 하면서 여차저차 살아내는 게 전부라 칭하며 무던해질 수 있지 않을까. 현실을 직시하다가도 가끔은 동심으로 가득 차 있던 시절을 그리워하기도 하면서 우리는 인상을 구기고 펴내며 살아가는 게 아닐까.

　　어느 하루가 헛헛하게 느껴졌어도 여태까지 그래왔듯, 결국 모든 게 괜찮을 거라 여긴다. 곧 찾아올 어떤 하루는 분명 근사함을 가득 안고 다가올 테니까. 나를 웃게 만드는 게 무엇이 있을지, 힘든 날 꺼내 볼 수 있는 행복한 추억들을 잔뜩 꺼내 보며 어린아이처럼 지내보기를 바란다. 가슴에 담은 애정을 자주 흘리고 다니면 좋겠다. 힘든 내일에게 아주 저버리지 않을 수 있도록.

[#]세상이

　　왜 예쁜지를 묻노라면

　생활에 딱히 부족함을 느끼지 않을 정도의 물질이라면 그 것대로 만족하며 살 수 있겠지만, 정서는 적당함을 넘어 풍요 롭게 채워 내고자 하는 욕심이 있다.

　해가 저물기 직전인 시간에 강 산책을 나서던 길이었다. 바닥을 훑고 있던 시선은 내 앞을 나서던 한 사람의 뒷모습으 로 옮겨지는 걸 기점으로, 이후엔 꽃잎이 바람 타고 저어가는 모습을 거쳐, 하늘에 뜬 구름은 얼마나 있는지를 보려 고개를 들었고, 그 구름을 가득 머금고 있던 노을의 번짐을 따라, 그 아래 강물에 반사된 채 일렁이는 윤슬로까지 순서대로 옮겨 졌다.

　눈은 시시각각으로 분란하게 움직여대고 있었고, 차마 무시하고 지나치기엔 내겐 문장 하나가 채워지는 것들이었다.

　나는 직관한 걸 토대로 추상한다. 발가벗어진 채로 세상을 비추던 것들에 예쁨이란 말을 입힌다.

　내가 바라보는 세상을 다른 누군가에게 들려주고 싶다. 나와 세계관이 비슷한 사람. 세상을 살아가는 방식이 비슷한 사람과 서로 마주 보며 하루 종일 대화를 나누고 싶다. 실컷 토해 내고 싶다. 내가 살아 있음을 짐작하게 하는 그런 속 깊은 이야기들이 모두 게워질 때까지.

#깨져 버린다 한들,
결코 조각은 작지 않다

희망이라는 단어는 양날의 검과도 같다는 생각을 한다. 내게 한없는 찬란함을 주다가도, 이내 결국 깨져 버리는 경우엔 얼마나 가슴 깊은 처절함으로 다가올지를 안다. 희망의 저편 그늘 속은 절망으로 드리워져 있다.

잔혹하게도 삶은 사정과 상황을 일절 고려하지 않고 우리에게 매시 결정하기만을 바라고, 내가 나를 가누지 못하는 경우, 부정에 잠식되어 버리는 일이 어렵지 않게 이어지게 될 것이다.

선택이 연속적인 세상을 살고 있지만서도, 세상은 내가 생각하는 것만큼의 결정권을 쥐어 주지 않는 모순적인 면에서 살고 있기도 하다.

무언가를 시도하기에 앞서 생각은 많아진다. 시간은 유한한데 내가 선택한 시간이 과연 깊게 할애할 만큼의 값어치가 있는 걸까 싶을 거다. 허나 중요한 건, 시간이란 모두에게 동등하게 주어지는 것임을 인지하는 것. 삶을 개척해 보려는 열정을 지닌 것만으로도 당신이 참으로 대단한 걸음을 내딛는 거라 할 수 있겠다.

희망이라는 길을 따라 걷던 당신이 깨지고 치이고 결국 주저앉는 날이 온다 해도, 그 조각이 결코 부질없는 결과로 초래되는 것은 아니다. 아무렴 꾸준하길 바란다. 세상은 뜻하지 않은 부분에서 결실을 맺게 될 것이다.

다시 일어서서 새로운 희망을 찾아 나서는 당신의 면모는 그저 사랑스럽기만 하다. 나는 그런 당신의 앞날을 축복한다. 그래. 내일을 어떻게 대할 건지는 생각하면 생각할수록 어려운 것이겠으나, 비워 내면 비워 낼수록 쉬워지는 것 또한 당연한 이치기도 하다. 먹이를 찾아 대륙을 오가는 철새들처럼, 눈이 내리거나 비가 쏟아지는 날에 우산을 챙기고 장화를 신는 것처럼, 우리는 그렇게 자신에게 놓인 환경 속에서 그저 유영하듯 힘을 빼고 자연스럽게 변화하기만 하면 된다. 꽃이 진 자리에 새로운 꽃이 피어나길 기다리면서. 수고 많았다는 말 한 마디 건네주면서. 내가 살아 낼 모든 나날은 눈시울이 붉어지도록 예뻤고, 또 예쁠 거라고 말해 주면서 말이다.

#

저는 오늘 하루를 안온히 마칩니다.

언제나 응원합니다.

따뜻하게 살아가세요.

#관계의 정독

책을 읽다 보면, 방금 읽었던 문단이 잘 이해가 되질 않아 앞으로 되돌아가 읽는 경우가 있다. 혹시나 내가 맥락을 놓친 부분은 없는지, 어쩌면 그 안에서 흘린 글자가 있을 수도 있고, 특정 단어를 오독했을 수도 있다. 흐름이 끊기는 만큼 독서의 속도는 더뎌지곤 한다.

하지만 입 안에 넣은 음식을 오래 씹을수록 소화가 잘되듯, 느릿한 독서 또한 글자를 소화해 내기에 적절한 방법이 될 수도 있겠다 싶었다.

사람을 알아가는 방식도 비슷하지 않을까. 느리면 느릴수록 탈이 나는 일이 덜할지도 모르겠단 생각이 든다. 인연을 곱씹은 만큼의 관계는 촘촘하게 짜일 거다.

그러고 보니, 내 친한 친구들과 오늘날까지 십수 년을 함께 보내왔음에도 여전히 안다고 자부할 수 있는 부분은 족히 한정되어 있다. 착각해서는 안 된다. 우리는 계속해서 변화하고 있고, 그 변화에 무던히 스며들었던 것뿐이다.

　십 년이면 강산이 변한다는 말처럼, 환경에 따라 성향도 취향도 가치관도 모든 게 때마다 달라진다. 그만큼 내가 읽어 내야 할 것들이 한 사람만으로도 무수히 많다는 것이다.

　보이는 것에만 집중하던 나머지 크고 작은 오해를 불러일으키기도 한다. 겉에 드러난 부분 이외에도 참 많은 것들이 내면 어딘가에 꼭꼭 숨어 있을 텐데 말이다.

　사람을 대할 때 책을 대하는 것만큼 편안한 마음으로 찬찬히 음미하며 맛봐야 한다는 걸 명심한다. 한 명의 생을 읽어가면서 혹여 내가 이 사람에 대해 잘못 이해하거나 못 보고 지나친 부분은 없는지, 이참에 다시 한번 세세히 곱씹어보는 것도 좋겠다. 나는 줄곧 상기한다. 관계란 관찰을 계속하는 거라고 말이다.

　관심도는 관계의 연줄을 연장한다.

#어른아이

상처가 많은 이들은 일찍 커 버린다고. 어른이라는 단어에 집착하는 이들을 마주하면 감히 그런 문장이 스쳐 지나가곤 하지. 굳이 입 밖으로 내뱉는 것은 아니지만, 혹 내 잣대로 판단하는 것은 아닐까 싶어 얼굴은 붉게 달아오르도록 부끄러움으로 가득해져만 가.

내가 뭘 안다고 그러겠냐만, 그렇다고 그 삶을 함부로 연민하는 것은 아니고, 그냥 한번 안아 주고 싶은 게 전부일 뿐이야.

그래도 빛을 바라보며 사는구나. 강하게 살아가는구나. 나는 그런 당신이 참으로 눈부시다고 생각한다며, 내가 해 줄 수 있는 거라곤 그저 그 행적을 격려해 주는 것이고, 오늘 하루

마서 낼 따뜻한 물 한 잔 건네주는 것이고, 내일을 지켜봐 주는 것이고, 마음에 빗줄기가 거세게 몰아치는 날엔 나도 함께 비에 젖어 드는 것이고, 그렇게 함께 걸어가고 주저앉는 반복적인 것들을 함께 품어 보는 게 전부일 테지만, 그거라도 허락해 준다면 나는 당신의 삶을 내 삶처럼 여기며 서서히 물들어 가기를 마다하지 않을 것이다.

#단어 조각가

각진 단어는 꽤 날카로우니 조심해야겠습니다. 그로 인해 새겨진 상처는 오래도 가지요. 그래서 저는 둥글게 느껴지는 표현들을 참 좋아합니다. 물론 그런 단어들만 골라내서 말을 섞기란 어려운 일입니다.

어떻게 전해야 최대한 자극 없이 좋은 말들을 발음할 수 있을까를 고민합니다. 그러다 보면 질문에 대한 답이 느려지기도 하지요. 나는 언제나 고민하고 뚝딱거리고 덤벙거리는 사람이니까요.

답답하시겠지만 그 모습도 그저 웃으며 기다려 주신다면 감사하겠습니다.

삶을 계속해서 예쁘게 발음하겠습니다.

#의심 뒤에 숨은
다정에게

대화를 나눌 때 특히나 평소 마음속에 의심을 기반한 이들을 마주하는 동안에는 그 사람의 표정이나 말투, 그리고 몸짓과 목소리 등을 더욱 세심히 관찰하려 한다.

그 사람의 미간에 잡히는 미세한 주름이나 눈썹의 움직임, 살포시 내려앉은 눈꺼풀은 눈을 얼마만큼이나 감싸고 있고, 눈동자의 시선은 또 어디를 향하고 있는지. 음성의 강도는 어떻고 높낮이는 계이름으로 비유했을 때 '도'와 '미' 중에 어느 쪽에 더 가까운지처럼 작고 미세한 부분들을 말이다.

말투가 부드럽고, 정이 깊게 서린 눈빛을 지닌 이들이 있다. 생화를 바라볼 때 느껴지는 듯한 온화한 마음을 자아내는

사람 말이다.

　그런 사람일수록 언행은 더욱 조심스러워야 한다. 쉬이 바스라지지 않을 듯해 보여도, 마음은 늘 보드라워서, 일정한 거리를 두어 오래오래 바라보아야 한다.
　나는 그렇게 지켜 준다는 듯 다정히 바라보는 눈빛을 좋아한다. 소중함을 발견한 눈빛을 좋아한다. 사랑이 투영된 눈빛을 좋아한다.

　사람을 못 믿겠다고 말하는 이들은 말한다. 경계하지 않으면 또다시 자기는 무너질 거랬다. 아, 나는 그 말 덕분에 내 눈앞에 있는 이 사람이 다정한 사람이라는 확신이 들었다. 온유한 성품을 지닌 사람이고, 사람을 품어 줄 줄 아는 사람이라는 결론을 내린다.
　타인에게 기꺼이 건네주었던 그 작고 선한 손바닥을 다른 누군가는 대뜸 바늘로 찔러댔었던 건 아니었을지, 그렇게 새겨진 상처들로 인해 이제는 손을 내밀기를 주저하고만 있는 게 아닐는지 싶었다.
　작고 사소한 행동에도 유독 예민하게 반응하는 것은 그만한 이유가 있는 거라고 생각했다. 누군가를 알아간다는 것은 그 사람이 거쳐 온 삶을 들여다본 뒤 고개를 위아래로 끄덕여 보겠다는 거니까. 간혹 이해할 수 없는 부분이 있다는 건, 그건 그저 나의 삶과 대조될 만한 경험이 없었을 뿐이다. 신뢰의 밑바탕은 당장 이해하기 어려운 일이라도 당신의 말과 행동이 그러하다면 그런 거라고 믿어 주는 게 아닐까.

내가 잘할 수 있는 건 당신의 옳고 그름, 치부를 따지는 것이 아니라, 그저 있는 모습 그대로 따스하게 바라보는 것이고, 상처가 아문 뒤에 자리한 흉터가 조금은 가려질 수 있도록 나만의 행복으로 덮어 주는 거다. 그 부끄러움을 부드럽게 어루만져 주면서 말이다. 아, 써 내려 가다 보니 내가 해 줄 수 있는 게 꽤 없지는 않은 거 같다.

고백 하나 하자면, 꽃잎이 만개한 듯한 당신의 미소를 한 번이라도 더 피워 내 보는 게 내 평생의 꿈이라서, 형태가 어떻게 변태하든 나에게 당신은 마냥 예쁠 수밖에 없다며 사랑스레 바라보기를 매 순간 마다하고 싶지 않다.

#은하에 비하면
아무것도 아니야

　밤하늘에 수 놓인 무수한 별들을 올려다보면 있잖아, 마치 내가 은하 한가운데를 떠돌아다니는 듯한 기분이 들어. 여기서 저 별까지의 거리는 얼마나 될까. 그 숫자는 참으로 허황하고 무용한 수치겠지. 그럼 우리는 이 무한한 공간 속에서 얼마나 작고 희미하게 존재하는 걸까. 우리는 무엇을 위해 온 마음을 희생해 가며 살아가는 걸까. 우리가 이곳을 유랑하고 있다는 사실을 과연 저 별들은 알고나 있을까.

　그런 생각에 잠기다 보면 힘없이 축 늘어져 있는 몸이, 구멍 난 채 유실되어 가는 마음이 조금은 편안함으로 차오르게 돼. 무엇 때문에 그리 처절하게 짓눌린 채 하루를 보낸 건지, 저 별들에 비하면 정말 아무것도 아닌 게 돼. 고작 어떤 사소

한 이유 하나로 인해 무너져 내린 내 하루가 이 은하의 관점에
선 먼지처럼 작디작을 뿐인 투명한 이야기에 불과할 테니까
말이야.

그런 위안의 순간이 영원했으면 좋겠다 싶지만 모든 일이
바람대로 이뤄지진 않잖아. 아침이 밝아 오면 어젯밤에 누렸
던 편안함은 어디 가고 새로운 힘듦이 기다리고 있겠지. 우린
또다시 그곳을 헤엄치고 있을 거고, 늘 그래왔듯 결국은 힘들
다는 말이 입 밖으로 나오게 될 거야. 하지만 때가 되면 모든
것이 다 괜찮게끔 느껴지는 순간도 존재한다는 거. 삶이 이어
지는 동안 우리 곁은 늘 시련과 인내가 함께일 테지만, 그 안
에선 나도 함께라는 거. 그러니 크게 걱정할 일은 아니라고 말
해 주고 싶어.

나는 무던함이라는 단어를 동경하곤 해. 좋은 감정을 두고
도, 그렇지 않은 감정을 두고도 어느 한 곳 치우침 없이 항상
잔잔하고 평온하게 일렁이고 싶더라. 이 모든 걸 포괄하는 광
활한 우주처럼 나는 그렇게 무던히 고요해지고 싶어.

아, 밤하늘을 올려다보는 날들이 많았으면 좋겠어. 그 관점

에서 삶을 사유하는 순간이 다양해졌으면 좋겠어. 그러다 감정이 북받쳐 오를 때는 충분히 웃기도 하고 울기도 하자. 그 안에서 그래도 우리 잘살아가고 있다고. 두려움 많고 서툴기만 한 우리, 그래도 빛이 나고 있다고 서로에게 말해 주자.

#자랑

너는 내게 어떠한 칭찬을 해 줄 때면

나는 그걸 더욱이 잘하고 싶어진다.

잘하고 싶고 자랑하고 싶어진다.

#우리 식구

차오르는 단어들이 있다. 맺어짐과 이어지는 단어들. 그런 단어들은 공책의 한 페이지 모서리에 작게 적어 둔다던가, 아니면 가슴 속에 품어 두어 이따금 꺼내 한 번씩 발음하던가, 아끼고 또 아끼고 싶어서 야금야금 갉아 먹곤 하는, 내가 즐겨 먹는 아몬드 한 톨처럼, 내 생에서 사라져서는 안 될 몇 안 되는 소중한 단어들. 살아가는 나날 속에서 내게 이정표가 되어 준 그런 단어들. 삶에서 넘쳐흘러 주길 바라는, 마냥 예쁘기만 한 그런 단어들.

#누군가를 읽는 일

타인의 일기를 접한다는 건 생각보다 어려운 일이에요. 내가 살아가는 우주와는 전혀 다른 우주를 펼쳐 내는 일이니까요. 하지만 일기는 한 사람의 생이 담긴 집합체이기도 해요. 내 우주를 넓히는 수단이 되기도 하고요.

일기를 펼치기 이전과는 달리, 조금은 타인의 마음을 들여다볼 줄 아는 시야의 폭도 넓혀지게 되고, 관계에 있어서 보다 세심한 관찰을 할 수도 있게 돼요.

그래서 나는 누군가의 일기장을 들여다보는 걸 좋아합니다. 한 사람의 생을 문장으로 접하는 일이 늘 즐겁습니다. 내 땅을 넓히고 내 삶에 애착을 더하는 읽기를 멈추고 싶지 않습니다.

그렇다고 해서 모든 걸 내 것처럼 담아내며 읽을 수는 없어요. 내 경험만을 대입하기엔 나는 너무나도 무지해서, 쉽게 읽히지 않는 부분이 없지 않아 있을 테니까요.

그러나 이해되지 않는 문장을 마주하면 나는 은근한 반가움을 느껴요. 고개가 끄덕여지지 않는다는 건, 나라면 어땠을까 하는 생각에 머리를 한 번 갸웃거리어 보는 거거든요. 그것이 내 땅을 넓히는 노력이 되는 거지요.

감사하게도, 나는 타인의 이야기에 눈물을 흘릴 줄 알고, 박수를 건넬 줄 아는 사람일 수 있어서 다행입니다. 그러나 모든 이야기들을 공감하고 수용한다는 것은 여전히 어려운 일이에요. 그것이 내가 매일 노력할 수 있는 이유라서 얼마나 뜻깊은지요.

나에게 관계란 명주실 같은 거예요. 누에고치에서 뽑아내는 실은 불에도 약하고 쉽게 닳고 또 잘 찢어져요. 조금이라도 신경을 쓰지 않으면 금방 버려지고 마는 거거든요.

관계도 다르지 않아요. 쉽게 타오르고 무뎌지고 닳고 낡아가고 버려질 수 있는 건 명주실처럼 똑같아요. 잔인하지 않나요. 얼마만치의 세월을 함께했든, 길든 짧든 결국은 책장을 덮어 버리면 똑같이 끝나 버리는 일이니까요.

　사람 마음을 어루만질 줄 아는 이들을 좋아해요. 노력을 더
한 결실이 어떤지 알고 있는 이들을 존경해요. 나는 바라고 있
어요. 고급스럽고 우아한 비단의 형태로 만들어지게 되는 명
주실의 과정처럼. 관계도 깊은 관심을 통해 우아한 형태로 거
듭나기를요.

#

나는 내 세상을 넓게 바라보고 싶다.

나는 그런 여유로움이 내게도 깃들길 바랐고,

내 곁을 그런 사람들로 한가득 채워 가고 싶다.

#온기로 가득한 봉투

잎새는 붉게 물들고, 낙엽은 바닥을 훑고, 가을이라는 단어
가 사람들 입에서 스멀스멀 튀어나올 때쯤이면 동네 골목길
에는 붕어빵이나 호떡, 풀빵, 타코야끼 같은 간식을 파는 포장
마차들의 모습이 드러나기 시작한다. 나는 그제야 따뜻한 걸
가까이 두기 좋은 계절이 찾아왔다는 걸 실감했다.

어느 날은 퇴근을 마치고 집으로 향하고 있었다. 나는 좁고
한적한 골목 모퉁이에서 빨간 천막을 두른 붕어빵 가게 하나
를 발견했다. 걸음을 잠시 멈췄다. 딱히 먹고 싶다는 생각이
들던 건 아니었지만 왠지 모르게 시선이 끌린다. 익숙함이 느
껴지는 저 빨간 천막에 어릴 적의 추억들을 잔뜩 불러일으키
는 무언가라도 있는 건가.

우리 엄마도 나 어릴 적에 집 앞에서 붕어빵 장사를 했었지. 그때 나는 엄마 옆자리에 앉아 멍하니 반죽이 익어가는 걸 바라보고 있었고, 가게를 찾아 주는 동네 친구들에게 붕어빵을 한 마리씩 나눠주기도 했었지.

그런 추억이 떠올라서 순간 왠지 모를 내적 반가움에 가게 앞으로 스윽 다가갔다. 물가가 예전 같지는 않지만, 그래도 가을이니까 몇 마리 챙겨가 보는 것도 나쁘지 않겠다 싶었다.

화구 앞에 서 있으니 한동안 시린 공기로 인해 스산하던 내 몸이 이내 나른하게 녹기 시작했고, 코를 자극하던 반죽이 익어가는 냄새는 마음을 따뜻하게 데워 주었다. 남아 있는 한 해의 몇 안 되는 나날을 이런 식으로 위로받을 수 있다니 기분을 달랠 수 있어 좋았다.

나는 사장님에게 팥을 세 마리, 슈크림을 두 마리 달라고 말씀을 드렸다. 투명한 막 너머에 진열되어 있던 붕어빵을 보니 금방 배가 고파졌다. 새로 구워지고 있는 붕어빵을 두고, 진열대에 올려진 약간 식어 있는 붕어빵 한 마리 값을 계산해 곧장 입으로 넣었다. 달콤하면서도 고소한 팥이 든 붕어빵이었다. 나는 한동안 계속 입을 오물거리며 붕어가 익기만을 기다렸다. 나만 먹기엔 아까울 정도로 가을을 열기 좋은 맛이라고 생각했다.

내 경우에, 가을에 먹을 수 있는 간식은 사람들과 나눠 먹을수록 맛있었다. 온기를 전하는 일이라서 그럴까. 몇 철 안되는 장사인 만큼 그 짧은 시간이 아쉬울 따름이다. 연말을 알리기 시작하는 시점도, 새해를 알리고 사라지는 시점도 그 중심에는 늘 붕어빵이 있다. 어쩌면 나에게 붕어빵은 가을과 겨울의 침잠된 마음을 살짝 데워 줄 하나의 다정함이었는지도.

얼마 지나지 않아 "감사합니다. 맛있게 드세요."라는 목소리와 함께 사장님께서 붕어빵이 담긴 봉투를 내미셨다. 이번엔 혼자 먹는 거지만, 다음엔 동네에서 알고 지내는 사람들이나 회사 동료들 거라도 챙겨가면 다들 좋아하며 잘 드시겠지 싶었다.

나는 바스락거리는 소리를 내던 봉투를 건네받았다. 봉투는 벌써 손난로처럼 후끈하게 데워져 있었다. 아, 이런 날씨에 이런 따뜻함이 너무 좋다.

"네, 감사합니다. 감기 조심하세요, 사장님."

나는 봉투를 심장과 최대한 가깝게 붙인 채로 다시 길을 나섰다.

02

우연에서

운명으로

#표류

누군가의 별일 없냐는 물음에 마냥 별일 없다고 대답할 수 있다는 것은 분명 적잖은 축복이지 않을까 싶다. 참 다행이지 않은가. 근간의 일상 안에서 아무런 사건 사고 없이 무던히 지낼 수 있었다는 사실이 말이다.

한 친구에게서부터 나에게 메시지가 왔다.

'잘 지내냐?'

그 단순한 안부 인사에 답장하기에 앞서, 나는 글자를 썼다 지우기를 몇 차례 반복했다.

'아니, 그냥 그래.'

'그랬으면 좋겠다.'

'뭐 그냥 그럭저럭.'

어떻게 대답하면 좋을지 몰라, 대답의 몇 차례를 끄적거리며 고민했다. 하지만 그 짧은 순간이 내겐 미약하게나마 안타까운 일이었다. 내가 처한 사실을 곧이곧대로 대답하기에 앞서서 혹시나 상대방에게 미안할 일이 되는 건 아닌지, 괜히 그 사람에게까지 영향을 끼치게 되는 건 아닐까 하는 소심함에 나는 괜히 나를 드러내지 못하는 사람이 되어 버린 것만 같았다.

사는 게 고달프고 힘들어 잘 지내냐는 물음조차도 닿지 않는 이들이 많아졌다. 나조차 녹록지 못한 마음을 이끌고 몇몇 이들에게 보내었던 안부의 메시지는 계절 한 차례가 바뀌는 동안 읽은 티 하나조차 나타나지 않았다.

그러나 서운함보다는 걱정이 더욱 컸다. 그저 별 탈 없이 하루하루를 무던히 보낼 수 있기를 바라는 마음이었다. 내일을 고뇌하고 있다는 건 오늘보다 잘 살아 내고 싶은 마음의 또 다른 의미일 거라 여기려는 희망이 있기에, 나는 그 작은 믿음의 불씨가 그들에게 닿아 여느 날 내내 미미한 온기라도 지속되길 소원한다. 돌고 돌아도 좋으니, 그러니 정말로. 정말 괜찮으니 너무 깊은 곳으로 침잠하지 않았으면 좋겠다.

누군가가 내일을 주저하게 되고 뒤돌아서게 되는 순간이 있다면, 나는 지금 그 시점을 바라보고 있는 모두에게, 아직은 그리 찬란하지 않은 오늘에 빛 한 줄기 내뿜으려는 우리들에게.

다가올 내일은 걱정했던 것보다 별일이 없기를. 정처를 모르는 유랑의 끝에 이내 정착했다는 감사한 연락이 언젠가 내게 닿기를 천천히 기다린다.

#받아들임

다시는 돌아오지 않을 영광스러운 오늘이라는 의미완 달리, 내 하루 간 새겨지고 쌓여가는 것은 행복보다는 근심과 걱정일 테고, 그래서인지 시기를 잘 마치고 낙화하는 꽃잎이 마냥 부럽게 여겨지는 날도 있다. 순리대로 이뤄지는 것 하나조차 없지만서도 걸음은 계속해서 이어진다. 먼지 쌓여가는 지난날의 굴곡진 흔적들을 바라볼 때면 옅게나마 미소를 지어볼 수 있는 게 아닌가. 혹여 모든 순간이 내 마음과 같지 않더라도, 사람 간의 거리는 좁혀지고 함께라는 명분이 쓰인 모든 만물과 언제나 시선을 맞추고 사랑할 수 있기를 바라며, 나는 나 자신과 주변의 많은 이들이 오늘을 즐기고 내일을 바라보며 매 순간을 기록하는 나날을 만들기를 진심으로 응원한다.

#초 하나를
바라보며

    누군가의 시선을 의식하는 삶보다 내가 나를 스스로 비추는 삶을 지향해요. 그러기 위해선 내가 나를 다독일 줄 알고 사랑할 줄 알아야겠지요. 솔직하게 말하자면, 나는 그럴만한 여유가 있는 사람인 건지도 잘 모르겠고, 마주하는 언덕마다 경사가 꽤 가파르게 보이기만 합니다.

    그렇지만 매일 노력하며 살아요. 세상을 바라보는 기대치도 낮추고, 그 안에 존재하는 작은 의미들을 계속해서 쫓아가면서요. 하물며 굴러다니는 쓰레기조차도 내게는 어떠한 영감이 되는 걸요.

    때론 거칠기도 하고 때론 유약하기도 한 여러 일상의 의미들을 조립해 가며 느린 삶을 이야기하는 한 사람이 되고 싶어요. 흐름이 부드럽지 않은 나도 언젠간 잘할 수 있게 되겠죠. 그런 믿음으로 살아 보렵니다.

나는 강한 사람은 아니지만 희망을 포기하며 살 순 없겠어요.

#

"너는 뭐 좋아하는데?"라며 친구가 내게 물었다.

"나는 뭐, 밤에 아이스크림 먹으면서 산책하기?

이런 거 좋아하지. 그런 거 말곤 딱히 없어 나도."

"그래? 소박하네."

"소박하지."

#사랑은
태풍과도 같아서

사랑한다는 말은 사람과 사람, 마음과 마음이 상호적이어야만 가능한 것이다. 그러니 기적이지 않은가. 기꺼이 나누고 쪼갠다는데 어째서 배로 늘어나는 감정이 되는 것이고, 어째서 힘든 일이 견딜 수 있는 일로 되는 것이며, 어째서 세상살이에 관심 없는 사람이 꿈이란 것을 꾸게 되고, 내일이 편안할 거라 자부할 수 있게 되는 것인가.

서로 다른 두 사람의 감정이 서로에게 맞물린다는 것도 신기하지만, 내 삶의 형태마저 뒤집어 놓는다는 게 참 오묘하지 않을 수가 없다.

#그래서,
그럼에도

좋아해와 사랑해의 차이를 알아?

좋아해는 앞에 '그래서'가 붙는댔고,
사랑해는 앞에 '그럼에도'가 붙는대.

좋아하는 것을 두고 장점들을 내세우지만,
사랑하는 것을 두곤 단점마저 보듬어 낸대.

좋아하는 것에는 이유가 존재하고,
사랑하는 것에는 이유가 소실된대.

이유가 소실되면 좋아해라는 말은 지워지지만,

소실된 자린 분명 사랑을 피워 내는 걸 테지?

\#

별거 아닌 것들이라지만 나에게 있어서 분명한 취향들.

취향은 곧 애정이고, 애정은 곧 행복이다.

좋아하는 것들이 곳곳에 많을수록

행복은 내 곁을 항상 거닐고 있는 것이라

말할 수 있지 않을까.

나는 그래서 내가 자주 오가는 거리마다

좋아한다고 말할 수 있는 것들을

하나둘씩 채워 두고 있는가 보다.

#고슴도치

순수함이라는 명분을 두고 산뜻하게 마주하고 웃을 수 있었던 어느 시점을 머리에서 지운 것 같다. 아이들의 우정 방식은 어디 가고, 지금의 우리는 무엇 하나조차 자기 것과 맞물리지 않는다는 생각이 들면 곧 주저하고 만다. 관계에 있어서 다가가면 데이고 찔리고를 반복한 탓일까. 어른이 되어 갈수록 고슴도치가 된다. 섣불리 내딛던 한 걸음에 찌를지 말지를 결정한다. 경각심이 깃들어 버린 우리는 하나씩 어딘가가 고장이 난다.

#이루지 못한 사랑

처마에 맺힌 고드름이 서서히 녹는 걸 보니 머지않아 꽃이 피어나려나 보다. 오늘 아침 햇살은 제법 눈이 부시다. 구름 한 점 없는 새파란 하늘을 올려다보았다. 오랜만에 한껏 얼어 붙어 있던 동네가 온기로부터 안김을 받게 되려나 보다.

빨래를 널기에도 좋은 날씨였다. 당장은 이르지만 조금만 있으면 또 한 번 희우정로 골목길에는 사람들로 붐비는 날이 찾아오겠지. 분홍색으로 가득 개화하는 이곳을 올해도 꾸준히 방문해 줄 것 같다. 이 자리에 꽃이 만개하는 동안 들려올 아기들의 웃음소리를 생각하니 마음이 들뜨기 시작한다.

이건 비밀인데, 사실 여기 말고도 뒤쪽 골목으로 들어가면 단아하게 예쁜 골목길이 하나 더 있는데 말이야. 나는 희우정로도 좋아하지만, 인적이 드문 그 골목길을 조금은 더 좋아해.

거주민들을 제외하고는 잘 오지 않는, 그곳엔 언제나 잠잠하게 자리하고 있는 커다란 목련 나무 한 그루가 있는데, 나에겐 그 나무를 바라보는 일이 봄의 또 다른 채움이란다.

그때가 오면 "안녕, 나왔어." 하고 또 한 번 인사를 건넬 거야. 지난해에도, 지지난해에도 어김없이 이곳을 찾아왔었는데 이번에도 여전하다면서 반가운 마음을 정성껏 표할 거야. 한결같이 사람이 없을 그곳에서 익숙한 모습을 올려다보며 "혼자서 예쁘게 만개했네. 예쁘다. 나만 보기엔 너무나 아까울 정도로."라며 칭송의 말을 건넬 거야.

그날이 오면 뺨을 어루만지는 듯한 봄 햇살의 감촉이 참 따스하고 기분 좋을 테지. 덕분에 나만이 기억할 수 있는 봄의 조각 하나를 얻었다고 들뜰 수 있을 거고 말야.

나는 그 목련 나무에 더 많은 정을 붙일 거야. 외로움에 익숙한 건지, 그냥 덤덤하게 살아가는 방식이 좋은 건지. 이전과는 달리 기복의 편차가 크지 않은 삶을 살고 있어서 그런지는 몰라도, 가끔은 무언가에 슬쩍 일렁여 보는 것도 좋을 거 같아.

목련 나무는 외로움에 익숙할까. 매번 비슷한 시기에 혼자 피고 조용히 저무는데 그 과정을 지켜보는 이가 나라도 있어서 다행이라 생각해.

'이루지 못한 사랑'이라는 목련꽃의 꽃말을 읊조리면서, 나는 그 나무에게 찾아갈 날을 또다시 기다릴 거야.

이번에도 여전히 이루지 못한 사랑일 거야.

그건 없어도
나눠져요

많이 가진 것을 나누는 것보다, 내게도 얼마 없는 것을 나누는 쪽이 사랑의 모양에 더욱 가까운 것이라고 할 수 있지 않을까.

#본디 사람은

따뜻한 걸 좋아한다

손과 손이 맞닿는 순간이 좋다. 웃어른께 예를 다하는 손과 친구들을 마주할 때 내민 손, 또는 사랑하는 이를 한껏 감싸 주는 손.

서로 다른 체온이 만나 이윽고 동일한 온도로 맞춰졌을 때, 그 찰나의 감정이 하루 종일 감돌곤 할 때, 나는 그 순간 세상이 내 것이 되는 기분을 느꼈다.

내 손은 늘 따뜻해서 누군가의 체온에 내 온기를 전해 주는 일을 좋아하게 되었다. 사소한 그 행동은 내 마음을 타인에게 전하는 일이었고, 편안함을 전하는 일이었다.

맞잡을 손이 있다는 건 삶에 희망이 있다는 거다.

#동반자

정해진 길을 걷는 사람은 아무도 없어. 다들 비슷하게 나아 가는 것 같아 보이지만, 그들은 저마다의 신념을 품고 자신을 위한 길을 개척해 나가. 때마다 의구심도 들 거야. 과연 이 길 이 나에게 있어서 옳은 방향인 걸까. 혹여 잘못 들어서게 된 건 아닌지, 돌이킬 수 없어지기 전에 이만 물러서야 하는 건 또 아닐지 의구심이 들기도 할 거야.

근데 그럴 수도 있는 거야. 같은 길을 걷는 사람들도 각자 하는 생각과 받아들이는 느낌이 너무나도 다르거든. 눈앞이 어둡고 캄캄할지라도 그리 두려워하지 않았으면 해.

흔히들 사랑을 하면 길이 열린대. 내가 혼자였을 때 망설여

94.

지턴 걸음걸이도 당당히 나아갈 수 있게 된대. 그래, 그 말도 맞아. 하기 싫다고 느껴지던 것들이 사랑을 하면 해도 괜찮다고 느껴질 거야. 너가 여유를 지녔을 때 그 효과는 더욱 빛을 발하게 될 테지. 개인을 위한 사랑이 아닌 서로를 위한 사랑이었으면 좋겠다. 서로를 향한 안식이 되어 줄 수 있다면 좋겠다.

자, 일단 머릿속에 내일은 잠시 비워 두고 오늘을 살자. 오늘은 어땠어, 괜찮았어? 기분 좀 전환할 겸 나와 봐. 좀 걷자 같이.

\#

바라건대, 남에게 부끄럽지 않게 살기보다,

나 스스로가 부끄럽지 않게 사는 게 더욱 괜찮은 삶이길.

나다운 자유로움을 누리며 살아가는 나이기를.

내가 걸어가는 길의 옳고 그름을 판단하는 것이 아닌,

여정이 이끄는 대로 순종하며 믿고 따르는 것.

그러면서 나를 의지할 수 있는 내가 되는 것.

#열매가 어떤지보다
　　어떤 마음으로 심는지가
　　더 중요하다

　모든 일은 시작이 두렵고 기반을 다지는 게 제일 어렵다지만, 이 어려움을 딛고 내 것으로 만든다면 그다음이 얼마나 수월할까. 어떤 사람보다 건강한 나를 성취해 낼 수 있지 않을까.

　식물은 절대로 혼자서 자라지 않는다. 양지바른 토양과 빛, 온도와 물 등의 충분한 환경과 양분을 필요로 한다. 사람 마음도 별반 다를 거 없다. 보다 괜찮은 인물이 되기 위해선 내 마음가짐부터 좋은 환경을 조성시키고 양분을 전할 줄 알아야 할 거다.

　사랑이라는 씨앗을 발아시키기 위해 우리 자신에게 늘 괜찮다며 다독일 용기가 필요하다. 우리는 괜찮은 삶을 살아 낼 힘이 충만히 있으니까.

#이름 앞에
예쁨을 끼워 넣는 삶

　잠시 일을 쉬고 있던 무렵, 뭐라도 소소하게나마 하고 싶어서 시작한 일터에서 해바라기 같은 성향을 지닌 그분이 생각났다.

　그분께서는 평소 사람과 대화하는 걸 좋아하시고, 무엇보다 이렇다 할 욕심 하나조차 없는 수더분한 성격을 지니신 분이셨기에 나와 소통이 꽤 잘 이루어지는 분이었다.

　때는 어느 금요일이었다. 점심을 먹고 그분과 함께 차량에 동승하여 여기저기를 오가며 함께 업무를 보던 중, 나는 그분께 주말엔 보통 뭐하면서 보내시냐고 여쭈었다.

　자녀가 둘 있는데, 이제는 다 커서 자기랑 안 놀아 준다고 하셨다. 하지만 괜찮다며, 비로소 아내랑 단둘이 보내는 시간이 많아진 요즘이 오히려 좋다고 하셨다. 낮에는 둘이 함께 집 청소를 하고, 오후에는 같이 장을 보러 나갈 겸 한동안 커피숍에 가서 시간을 보내다가 해 질 무렵엔 손을 맞잡고 동네를 산책하고, 집으로 돌아와서는 저녁을 먹고 식구들과 떠들면서 아내와 함께 잠에 든다고. 그리고 그런 하루들을 기대할 수 있어서 자기는 행복하댔다.

그 무렵은 여우비가 자주 내리곤 하던 시기였는데, 내가 생각하기에 그분의 대답은 당시의 풍경과 아주 잘 어울렸다고 느꼈다. 마음을 적시고 기분을 맑게 하는 그런 삶의 형태가 내겐 하나의 지표와도 같았기에 특히나 인상적으로 다가왔다.

다른 날에 업무를 보던 중, 그의 휴대전화 벨이 울렸다. 잠시 자리에 계시지 않아 의도치 않게 내가 대신 그의 휴대폰을 집어 들게 되었다. 딱 마침 전화벨이 끊겼고, 그 덕분에 나는 예쁜 걸 하나 발견했다. 그 휴대폰 배경 화면에는 가족사진이 띄워져 있었고 수신자 이름엔 이렇게 쓰여 있었다.
　'예쁜마누라'

무심한 듯 적힌 그 다섯 글자는 어느 수식어보다 온화했다.

나는 그 화면을 바라보면서, 나도 이렇게 늙어가고 싶단 생각을 했다.

#

서정적인 표현을 편지지에 한가득 채우는 걸 좋아하지만,

가끔은 저런 솔직담백한 문장 한 줄만으로

누군가의 입가가 올라가는 모습을 보면

내 하루가 즐거울 테지.

#우연에서

운명으로

서로가 서로에게 최선을 다하려는 서툶 속에는 우연함이 자리 잡혀 있고, 그 우연함으로 인해 순간의 장면을 더욱 빛내주는 경우가 있다. 그러면 두 육체는 비로소 하나의 영혼을 이루게 되지.

03

내 삶의 주체가

나에서 너로

바뀌어도 좋겠다

#때론 기대어 보는 것도
        길이 열리는 방법이 됩니다

선택은 스스로 하는 거라지만요.

그래도 판단이 잘 서지 않을 때는

나를 믿어 주는 사람을 믿어 보는 것이

생각지도 못한 큰 변화로 이어질 거예요.

서로를 부둥켜안고 데워 주는 세상이잖아요.

어쩌면 길이 새로이 열리는 기회가 될지도 모르죠.

#주체가
단단한 삶

우리는 각자라는 이름으로 사회를 구성한다. 그러나 그 각자가 걷는 방향이 다른 데에도 불구하고 어째서인지 항상 자신과는 다른 진로를 걸어가는 타인을 의식하며 내 처지를 낙담한다. 이는 나를 확신하지 못하기 때문이다.

한때는 다부진 꿈을 가득 껴안고 앞날을 고대하며 살았을 시절이 있었고, 잘 맞진 않더라도 함께여서 친밀한 관계들이 있었고, 맞물리지 않는 부분이 있더라도 좋아한다는 마음 하나만으로도 사랑을 내비치던 시절이 있었다.

분명 그랬을 텐데 지금은 그 당시에 쟁여 놓았던 꿈들은 어디에 흩뿌려 놓았고, 함께 웃고 떠들던 사람들은 전부 어디로 사라진 것이며, 이제는 사랑이란 게 뭔지, 내가 뭘 좋아하는지

조차도 모르겠는 비루하고 초췌한 모습만이 덩그러니 서 있다. 원래가 다 그런 건가. 서랍 안에 방치된 시기 모를 기억들은 그림자가 짙게 드리워진 사연으로 변질되어 버린 채 먼지만 쌓여 가는구나.

나는 어떤 사람인가. 사람마다 좋아하는 것도 다 다르고 싫어하는 것도 다 다를 텐데 다른 누군가의 이거 좋다, 이거 싫다는 의견에 이리저리 휘청이고 있는 건 아닌가.

내 의지의 방향이 타인의 시선을 의식하기 위한 것인지, 오로지 나 자신의 행복을 위한 것인지 한번 저울질을 해 본다. 바라건대, 남에게 부끄럽지 않게 살기보다, 나 스스로가 부끄럽지 않게 사는 게 더욱 괜찮은 삶이길. 나다운 자유로움을 누리며 살아가는 나이기를. 내가 걸어가는 길의 옳고 그름을 판단하는 것이 아닌, 여정이 이끄는 대로 순종하며 믿고 따르는 것. 그러면서 나를 의지할 수 있는 내가 되는 것.

사람도 사랑도 그럴 수 있다며 이해할 수 있는 굳건한 나로서의 방향을 나아가는 단단함을 메고 설 줄 알기를.

\#

'잘 지내냐?'

그 단순한 안부 인사에 답장하기에 앞서,

나는 글자를 썼다 지우기를 몇 차례 반복했다.

'아니, 그냥 그래.'

'그랬으면 좋겠다.'

'뭐 그냥 그럭저럭.'

#내 삶의 주체가 나에서
너로 바뀌어도 좋겠다

내 옆에 있던 한 사람은 문득 바다를 떠올렸고, 그리고 그는 말했다.

"사랑하는 그 사람이 그곳에서 나랑 함께 모래성을 쌓던 게 생각났더래."

이어서 그가 말했다.

"그래서 나는 모래성을 쌓으며 흘려 대던 그 사람의 미소가 생각나더라."

나는 그 말을 듣고, '내' 모든 추억은 '네' 모든 추억으로 잠겨도 좋겠다고 생각했다.

#외딴섬

내 삶을 스쳐 지나간 모든 사람 한 명 한 명에게 의미를 부여해 온 것은 분명 아닐 테지만, 신기하게도 내게 말 몇 마디 걸어 준 이들은 좋은 사람이었든 그렇지 않은 사람이었든 결국 마음에 걸리는 이들이 되어 있었다.

사람을 좋아하면서도 다소 어려워하는 복잡한 성향을 지녔지만, 그래도 혼자는 조금 외로워서 이왕이면 사람을 좋아하는 쪽으로 마음을 살짝 더 기울인 채 살아가고 있다. 그러다 보니 누군가로 인해 내 가슴팍에 큼지막한 못이 박히게 되었더래도 결국은 그 사람을 향해 웃어 보인다. 내겐 차라리 빠른 용서가 마음의 파도를 잔잔히 만들어 주는 것이다.

나는 행동들에 준비랄 게 없어서 대부분의 움직임이 서툴다. 날 것이라는 건 어떤 때엔 좋지만 그렇지 못한 경우도 그만큼 비례한다. 그 탓에 낯선 환경은 물론이고 익숙한 환경에서조차도 자잘히 삐걱거리곤 한다. 타인에게 내 의사를 표현하는 일은 늘 어렵기만 하고, 어쩌다 상대로부터 오해를 불러일으키게 되는 상황에 놓일 때마다 나는 어떻게 대처해야 할지 몰라 어떤 관계는 의도치 않게 곤란한 형태로 변형이 되어 버리곤 했다. 그런 기억들이 쌓이고 쌓여, 이제는 의식할 수밖에 없는 것들이 많아져서 행실은 더욱이 조심스럽기만 하다.

항상 사물을 마주하며 혼자서 이말 저말 중얼거려가며 연습 아닌 연습을 하지만, 막상 예상치 못한 누군가가 내 눈앞에 다가서면 마음은 곧바로 분란해진다. 친밀한 관계더래도 주의를 기울이다 보면 긴장이 감돌고 가끔은 겁이 나기도 해서 두려워지기도 한다. 어차피 떠날 이들은 시기가 지나면 저절로 떠나가기 마련인 걸 알면서도.

붙잡으려 할수록 멀어지는 사람이 있는가 하면, 굳이 잡지 않아도 옆에 달싹 붙어 있는 이들이 있다.

오는 이들 반겨 주고 떠나는 이들 배웅해 주는, 바다 한가

운데에 우직하게 자리하고 있는 외딴섬처럼 자유로이 살아
낼 수 있다면 얼마나 좋을까.

#저변은 아직 무엇 하나
알아낸 것이 없다

보이는 것이라고 해서
그것이 꼭 진실일 것이란 걸
어떻게 장담하지?

[#]살아가기 위해선
　　　비밀 하나쯤은 있어야지

　　입 밖으로 꺼낼 수 있는 꿈은 하나의 의지이고, 속으로만
품고 있는 꿈은 하나의 소원이다. 소원을 품으면서 소중함을
알고 그 마음을 간직할 줄 아는 이들이 많았으면 좋겠다. 누군
가에겐 비밀이지만, 그 비밀은 본인만의 미소로 자리하고 있
다면 좋겠다.

겨울아, 너를 집으로 데려온 지 어언 2년이라는 시간이 흘렀어. 구조했을 당시에 나이가 두 살이었으니 이제는 네 살이 되었네. 아픈 곳 없이 항상 씩씩하게 있어 주어서 나는 너에게 얼마나 고마워하는지 몰라.

돌이켜 보니, 2년이라는 세월의 길이가 너무나도 찰나에 불과하게 느껴져. 길에서 너와 같이 놀던 석 달 정도의 추억 정도와 비슷한 것 같아. 잠시 자리를 비운 사이에 너와 함께 사용하던 물건 몇 개가 사라진 기분이랄까.

시간이란 개념은 관대하지 않다고 생각했어. 나도 내 삶을 살아 내야 하기에 모든 시간을 너에게 쏟아부을 수는 없지만, 나는 그래도 자연으로 쉬이 내어 주고 싶지 않을 만큼 너와 함께 있고 싶다.

　겨울아, 고양이의 기대 수명은 대략 12년이래. 최소한의 건강이 보장된다면 앞으로 8년의 시간이 남았다는 건데, 아 조금 막막하다. 겨울이 생각은 어때? 내 기준에선 턱없이 부족한 시간처럼 느껴지는데. 겨울이에겐 그래도 길다고 할 만한 세월인 걸까?

　처음에는 네게 주어진 수명을 다해 낼 때까지 너를 잘 돌보기만 하면 되는 게 아니냔 식으로 가볍게 여겼었는데, 이제는 돌이킬 수 없을 만큼 많은 마음을 주었나 봐.

　너는 내 말을 알아듣거나 할까 싶지만 상관없어. 그냥 오래오래 세상에 있어 주기만 하면 돼.

　가끔은 틱틱거리며 불평불만을 늘어놓는 날도 있었고, 서로 얼굴도 안 쳐다보고 제 할 일 하며 모른 체 하고 있던 날도 있었지. 가끔 그런 일들을 떠올리면 나는 살짝 미소 짓게 된단다.

　내 남은 이십 대는 네 덕분에 웃는 날들로 보낼 수 있게 될 거야. 그 이후의 찾아오는 해들도 너와 함께일 테지만, 어느 순간부터는 틈틈이 너를 추억하면서 살아가게 되겠지. 반려

동물을 떠나보낸 이들의 마음을 나로선 아직 온전히 헤아릴 수 없지만, 훗날 네가 내 머릿속에 꾸역꾸역 찾아오곤 할 때마다 보고 싶은 마음을 애써 눌러 내야 할 거란 생각은 드는구나. 내가 살아 내는 삶의 무게에 네가 조금 더 더해진 채로 지내게 되는 거겠지.

나는 너를 보낸 이후부터 새로운 태양이 떠오른다고 한들, 그 하루를 아주 홀가분히 보낼 수 있을 거라고 자신하진 않아. 그렇지만 그때는 내 마음의 그릇이 지금보다 더욱 키워져 있을 거야. 하다못해 너의 빈 자리를 감당할 수 있을 정도만큼은 말이야.

함께 할 수 있는 시간이 많다면 많고, 적다면 적은 시간이네. 나는 차라리 남은 시간이 얼마 없다 생각하고 너에게 사랑을 농도 짙게 대해 주려고. 그러니 가는 길 아쉬울 거 하나 없이 즐겁게 살다 가자.

겨울아, 잊지 마. 너는 내 기쁨이자 내 행복이라는 거. 나는 잊지 않을 거야.

#사소한 예쁨들

사소한 이름들을 예의주시하며 예쁘다고 읊조리는 습관을 들여야겠다고 생각했다. 내 삶은 늘 다정함이라는 선상을 따라 나아가길 바라기에, 나에게 좋은 것도 그렇지 못한 것도 다 한때이자 그럴 수도 있다며 담백한 존중을 하자고 다짐했다. 한평생을 사랑으로 채워 내기에도 모자란 시간이라서 더욱더 좋은 마음과 말씨를 지니자고 약속했다.

꽃 한 송이의 이름에 담긴 의미와 유려함. 바람에 흔들리는 들풀의 싱그러움, 전봇대 한구석에 놓인 낡고 녹슨 누군가의 세월 속 흔적들을 바라보며 예쁨을 읊조리며 살고 싶다. 나는 저런 사랑에 가까운 간소함을 수집하며 서서히 낡아가기를 바랐다.

[#]잘살고

   못 살고의 차이

   걱정이 많아도 괜찮고 선택을 잘하지 못해도 괜찮다. 억지
로 말을 꺼내지 않아도 괜찮고, 침묵이 길어져도 괜찮다. 신중
함은 곧 현명함으로, 무뚝뚝함은 곧 겸손이라는 또 다른 이름
으로 이어질 테니까.

   잘살고 못 살고의 차이는, 내게 주어지는 복잡한 문제들을
과연 지혜롭게 대처할 줄 아는가 모르는가에 달린 것이다.

#당신으로
　　침잠하는 것

지친 몸을 이끌고 당신 품으로 잠겨 들어가는 일. 그것이
내가 하루를 살아 내야 할 이유의 전부였다.

#그럼에도
여름을 사랑하는 이유

대부분의 사람들이 그렇겠지만, 내게도 여름은 새벽잠이 얕아지는 계절이다. 몸에 열이 많은 체질을 지녀서 몸 안에 누적된 열이 몸 밖으로 방출되지 못한다. 그만큼 잠은 이루지 못하고 몸을 가누는 일도 어려워진다.

잠결에 뒤척이는 횟수는 셀 수가 없다. 한밤중에 무심코 눈이 떠졌을 땐 온몸이 땀으로 젖어 있다는 걸 알 수 있고, 흥건히 적셔진 이불의 차갑고 축축한 감촉이 내 손에 닿을 땐 "으으.." 하는 신음과 함께 잠시 찝찝한 기분을 느낀다.

아침에 겨우 눈을 뜨면 배부터 움켜잡는다. 자는 동안 누군가가 위장을 쥐어짜고 떠난 듯한 불쾌감이 먼저 찾아와 반갑지 않은 인사를 건넨다. 역류성 식도염이 원인인 건지 아니면 자기 전에 물을 반 리터는 족히 마시고 자서 그러는 건지 자세한 원인은 모르겠다. 응급실에서 근무하는 친구의 말로는 물을 많이 마시고 자면 그만큼 위액의 분비가 촉진되는데, 더구나 역류성 식도염까지 지니고 있으니 더 심하게 작용할 수도 있다고 했다.

실외 활동이 잦은 하루는 어쩌다 열사병에 걸려 쓰러지기도 하고, 늦은 밤에 잠이 오지 않아 옥상 문을 열어 밖을 나와 보아도 속의 답답함은 쉽게 가시질 않는다.

그러나 여름을 싫어하냐는 물음에 나는 아니라고 대답한다. 여름은 나에게 있어서 이것저것 제약이 많아지는 계절인건 맞지만, 그것이 결코 내가 여름을 기피해야 할 이유가 되지 않는다. 여름에 맡을 수 있는 고유한 향취는 그해 그 계절을 어떻게 보냈는지에 대한 나의 행적으로 이어지고, 훗날의 추억거리가 되고, 내년을 기약하는 소중한 마음으로 남으니 말이다.

나에게 여름은 외사랑 혹은 애증의 무언가와 같다. 나를 괴롭히고 또 미워하는 날도 있지만 그럼에도 내가 좋아한다고 먼저 표현한다. 무언가를 싫어하는 이유를 늘어놓기보다는 좋아

하는 이유를 하나라도 더 찾아보게 된다. 어떤 불리한 상황에도 수긍하고 긍정할 줄 아는, 무심히 여기는 것들에는 소중함과 여김을 더할 줄 아는 그런 마음으로 내 인격을 키워 준다.

몸은 살짝 쇠약해지지만, 마음의 생명력은 여전히 강해지는 계절이다.

#사랑을 하니
　　내 세상은 더더욱 좁아졌다

노래를 들어도 듣던 것만 듣고
어디를 가더라도 익숙한 장소에만 가고
먹는 것도 늘 비슷한 것만 먹고
그렇게 내 세상은 늘 좁았다.

스쳐 지나갈 인연에게 소중했다 말하고
내 범주에 속한 인연에게 애정한다 표하고
웃는 게 꼭 우는 것 같다고 말해 준 사람은
내겐 일생의 거울이 되었고
나는 그래서 좁은 내 안이
사랑으로 가득 칠해지길 바랐다.
사랑을 하니 내 세상은 더더욱 좁아졌다.

　　욕심을 내려놓는 연습을 자주 한다. 남들보다야 가진 것 없고 부족하더라도 지내는 데에 크게 지장이 없다면야 그 나름대로도 충실히 살아낼 수 있으리라.

　　그리 대단한 업적을 지닌 사람이 아니더라도 누군가에겐 특별한 사람. 적어도 우리 부모님은 나를 자랑스럽게 여길 수 있도록 단단하게 살아가는 아들로 있어 줄 거다.

#게워내고
또 게워내며

물웅덩이가 고여 있으면 시간이 지남에 따라 서서히 썩어가듯, 생각도 한자리에 머물기만 하면 언젠간 부정에 다다르게 된다. 깊게 파고드는 것은 좋으나, 그 감정이 어디까지 침잠하는 것인지 스스로 파악하는 것 또한 나를 위해서 반드시 헤아려야 하는 일이다.

나는 비슷한 위치에서 적당히 맴도는 걸 선호한다. 스쳐 지나가도 좋을 생각이 그 자리에 고여 버리거나, 그렇다고 자리를 벗어나자니 보폭이 일정 넓이를 벗어나면 마음이 분란해진다.

동선의 폭이 넓지 않은 일상을 살아야지 나답다고 단정할 수 있는 편이다. 살면서 특별히 하고 싶다 하는 것은 잘 없다. 하지만 꾸준히 하고 싶은 내 하루의 작은 습관들을 무엇보다 아낀다. 달리는 것과 사진 찍기, 혹은 빈 문서 위에 글을 끄적거리는 것들. 시간을 얼마 투자하지 않아도 알차게 행할 수 있는, 내가 매일 내 것처럼 누릴 수 있는 취미 정도가 되려나. 일정한 형식에서 벗어나지 않는 행동들만으로도 고여 있는 생각을 게워내기에 충분하다. 나는 생활 양식도, 생각도, 가치관도 늘 지정된 범위를 맴돈다. 모든 일에 변화는 있지만 중심은 늘 변함이 없다.

\#

그저 별 탈 없이

하루하루를 무던히 보낼 수 있기를

바라는 마음이었다.

아직은 그리 찬란하지 않은 오늘에

빛 한 줄기 내뿜으려는 우리들에게.

04

내게 어깨를

내어 줄

사람에게

#그런 사람

투명한 사람을 좋아한다.
평소 보여 주는 행실이 대부분인
뭘 하더라도 예측이 가능한
그런 사람을 말이다.

걸음이 느긋한 사람을 좋아한다.
하나를 보아도 오래 바라보며 심취할 수 있는
축이 흔들리는 일 없이 일정히 나아갈 줄 아는
그런 사람을 말이다.

들꽃의 아름다움을 아는 사람을 좋아한다.

눈길 한 번 주는 이 없더래도
그저 맑다는 것만으로 고개 숙일 줄 아는
그런 사람을 말이다.

그냥이라고 대답하는 사람을 좋아한다.
그저 있는 그대로의 모습이라서
다른 목적 없이 순수한 이유가 전부라 외치는
그런 사람을 말이다.

고맙다고 발음하는 사람을 좋아한다.
물 한 잔 내어 주더래도
수저를 건네주더래도
내게 그래 줘서 고맙단 말을 건넬줄 아는
그런 사람을 말이다.

물음표가 많은 사람을 좋아한다.
오늘 하루는 어땠는지
아픈 덴 없는지
힘들진 않았는지

밥은 잘 챙겨 먹었는지
다정한 안부를 들고 찾아오는
그런 사람을 말이다.

모닥불 같은 사람을 좋아한다.
활활 타오르지 않고
아스라이 피어나는 불씨처럼
적정한 온도를 오래도록 데워 주는
그런 사람을 말이다.

#비옥한 토양은
무엇이든 심을 수 있다

지난날의 행적이 그리워도 현재 내가 해야 할 일에 충실할 수 있고, 다가올 내일이 두려워도 뭐 하나라도 더 도전하려는 이들이 있어요. 사고가 긍정적인 사람은 정말이지 밭이 좋다는 생각이 듭니다. 참 멋지지 않나요? 그 흙에선 뭐든 자라날 테니까요.

#가사 없는 일기

미사키 키시베(Masaaki Kishibe)의 〈Hana〉를 감상하며 읽어 주세요.

쉬는 날에는 오랜만에 일정이 없었다. 딱히 외출을 나서고 싶지는 않았고, 그럴만한 체력도 남아 있지 않으니 오늘은 집에서 간단하게나마 청소를 하고, 밥을 해 먹으며 느긋하게 보내는 편이 좋겠다고 생각했다. 주중에서 내 시간을 가질 수 있는 유일한 날인 만큼 이렇게 조용히 흘러가는 하루조차도 그저 소중히 대할 수밖에 없다.

정오에 가까운 시간에 현관문을 열고 옥상으로 나왔다. 살

갖을 스치는 바람이 이제는 제법 봄다운 온기를 실어 왔다. 거리는 조용하고 맑은 하늘 그 가운데에 자리하고 있던 구름은 바다 위를 항해하듯 어딘가로 느슨히 흘러갔다. 얼마 만에 느껴 보는 느린 일상이었는지, 나는 좋아하는 플레이리스트를 틀어 놓고 한동안 의자에 앉아 멍하니 하늘만 올려다보았다. 추위에 대한 여운은 가신 채, 몸도 마음도 서서히 녹아내리는 기분이었다.

언제부터 하늘이 이렇게 푸르렀고 따스해진 건지, 지나간 계절의 흔적은 이미 온데간데없이 사라져 있었다. 그러니 이제는 모든 동물이 깊은 잠에서 깨어날 때가 되지 않았을까. 그간의 설움이 부디 모두 녹아내리고 지금 이 계절에게 충분히 위로받고 배부를 수 있기를 바라는 마음이다.

스피커에선 마사키 키시베라는 기타리스트의 꽃(花, Hana)이라는 곡이 흘러나왔다. 선율이 따뜻한 이 음악이 내게는 봄 하면 떠오르는 것 중 하나가 되기도 했다.

꽃, 나비, 봄비, 나무, 겨울잠, 성장, 입학, 새 학기, 졸업, 햇살, 초록, 새싹.. 설렘으로 가득한 단어들이 순간 머릿속에서 스쳐 지나갔다. 나는 가사 없이 추상적으로 흐르는 음악 속에서 단어를 떠올리는 걸 좋아한다. 내가 본 것에 따라, 내 기분

에 따라 매 순간 다르게 떠오르는 것이 마냥 신기하지 않은가.

예년의 봄도 딱 지금과도 같은 마음이었을 텐데 그 당시에는 과연 어땠을까. 설렘이었을까. 자세히 기억나진 않지만, 그 시절을 회상해 보려 시도했다는 건 내게 분명 좋은 시절로 남아 있기 때문이지 않았을까 싶다. 그해의 봄은 참으로 온화했고, 여름은 찬란했고, 가을은 산뜻했고, 겨울은 열정으로 가득했을 테지.

오랜 시간 두고두고 찾아보게 되는 것은 멜로디와도 같은 무형의 이미지인 것 같다. 추억을 좋아해서 그런지도 모르겠다. 지금 이 순간 보고 싶은 사람들이 몇몇 떠오르는 걸 보니, 슬슬 대화를 나눌 필요성을 느끼기 시작했나 보다.

멍하니 앉아 있던 시간도 잠시, 현관문 너머로 겨울이의 울음소리가 들려왔다. 한동안 푹 자고 있다가 그제야 일어난 모양이다.

나는 자리에서 일어나 현관문을 열었다. 오늘은 어디 안 나갈 거니 실컷 같이 있자고 인사를 건네주면서 말이다.

[#]밥 짓는

냄새가 나는 사람

함께 밥을 먹자는 건

단순히 배를 채우기 위함만이 아니라

주린 마음까지도 채우고

채워 주고 싶은 것이란 걸.

그래서 밥을 좋아한다.

시선을 마주하고 먹는

앞사람 눈동자에 내 모습이 비치는

말이 가면 말이 오는

식은 가슴을 데워 주는

그런 밥을.

10월에는 뭐든지 잘만 이루어질 것 같습니다. 저물어가는 모든 것들이 시기를 잘 마치고 낙화하고 있습니다. 우리도 시기를 잘 맞춰 이 땅 위로 낙화했으면 좋겠습니다. 이 계절에게 안녕을 고해 봅시다. 정말이지, 뭐든 잘 이루어 보겠다며 말입니다.

[#]둘 사이에

  하나 더

냉정이라는 말도 좋아하고 열정이라는 말도 좋아합니다,
그런데 더 좋아하는 건 그 두 단어 사이에 존재하는 온정이라
는 말이에요.

#그러니 오늘도
　　　웃으면서 살아요

　어린 시절이라는 유구한 기억이 문득 그리워진다면 충분
히 그리워하길 바라요. 가끔은 그리운 기억 덕분에 다른 이의
공백을 채워 주는 경우가 있거든요. 암담한 세상은 동심으로
밝히는 거래요.

#모든 일은
첫걸음에서부터

　이것도 모르겠고 저것도 모르겠고 고민할 때 하나라도 시도해 보는 이들을 열렬하게 응원한다. 뭐라도 해 보겠다는 생각은 참으로 건강한 마음이 아닐 수가 없다. 가야 할 길을 잘 모르겠더라도 괜찮다고 말하고 싶다. 숲을 헤쳐 나가기에 앞서서 걱정만 늘어놓기보다는 일단 숲 사이로 발걸음을 옮겨 볼 용기가 있다는 사실만으로도 대단한 결심을 한 것이다.

　일단 뭐라도 시작해 보라는 말이 흔한 이유는 모든 일이 그곳에서부터 시작되기 때문이다. 그 사실을 이해하고 받아들인다면 내 삶은 이전과는 달리 변화무쌍하게 채워지게 될 거다. 밭은 넓어질 거고, 키워 낼 작물은 풍작의 결실로 이어지게 될 거다. 그러니 두려워 말고 나아가기를. 변한 만큼의 나는 보다 더 나은 내일을 살아갈 수 있을 테니, 무수한 잠재성을 지닌 당신의 나날이 다채롭길 바라며 나는 그 행보를 뜨겁게 응원하겠다.

\#

부디 내 이름 석 자 대로

내가 걸어온 다양한 발자취가 꼭히 거쳐야만 했던

올바른 자국으로 남겨졌다고 여길 수 있다면 좋겠습니다.

#서로를

아끼며 살아요

누군가의 소중함을 나도 함께 응원하는 것이 존중이라면, 그 소중함이 마치 내 것처럼 여겨질 때는 이해라고 칭할 수 있겠다.

그렇다면 나의 소원은, 나의 입술에서 존중보다 이해라는 발음의 빈도가 조금은 더 많아지는 거다. 귀하게 아끼고 싶다.

#뒷모습

어디선가 '누군가의 뒷모습이 보이기 시작하면 비로소 사랑이 시작된 것'이라는 이야기를 들었다. 사람의 뒤편에는 왠지 모를 측은함이 있다. 시선은 그 사람의 뒷모습에 맞춰진 채로 꽤 오랫동안 머물러 있기도 하고, 가끔은 가슴이 먹먹해지기도 한다.

나는 어느 무렵부터 사람의 뒷모습을 사진기에 자주 담고 다니는 습관이 생겼다.

#내게 어깨를
내어 줄 사람에게

하루는 온종일 내가 좋아하는 것들을 그 사람의 귓가에 속삭이고 있을 거고, 하루는 그 사람이 좋아하는 것들을 내 귓속에 담아낼 겁니다. 하루는 그 사람이 하는 일을 옆에서 가만히 바라볼 것이고, 하루는 눈과 눈을 맞대어 아무 말도 하지 않을 거고요, 하루는 발을 맞춰 걷고 있을 거고, 하루는 고요히 품에 잠겨 눈을 감고 있을 겁니다. 아, 내 세상이 평화롭겠네요.

#묵념

생을 다한 자의 이야기에 마침표를 찍어 주는 것이야말로
그 사람을 향한 가장 큰 위로라고 할 수 있지.
마침표는 어쩌면, 여정의 끝에 뭐가 있냐는 질문에 소명할
만한 대답일지도 모른다.

#진솔한 고백에
사람은 개화한다

올해 봄 백상예술대상에서 영화 부문 여자 조연상을 받은 배우의 수상 소감을 유튜브에서 보게 되었다. 영상 속에 등장하는 배우는 시상대 위에서 한 손 가득 꽃다발을 안은 채 어쩔 줄 몰라 하고 있었다. 손등을 수시로 두들기며 겨우겨우 말을 뱉는 모습이 내 눈엔 얼마나 따뜻하게 보였는지 모른다.

나는 그녀가 진심을 고하려는 그 순간을 그저 숨을 죽이고 바라보고 있었다.

"오늘 오기 전에 엄마랑 통화를 했는데, 엄마가 매일매일 기도하고 있다고. 근데 오늘은 안 될 것 같다고 했거든요."

그 말을 들으며 나는 '아..' 하는 입 모양만으로 아쉬운 마음을 내심 드러냈다.

"엄마.."

울먹거리면서 '엄마'를 발음하는 그 목소리에 가슴은 곧 뭉클함으로 일렁이기 시작했다.

무언가 자랑할 일이 생기면, 나는 가장 먼저 엄마에게 소식을 전하곤 했다. 내게 엄마는 정말 사소한 일이더라도, 주변에 있는 그 누구보다 따뜻한 목소리로 잘됐다고 너무 축하한다며 언제나 박수를 보내 주시는 분이기 때문이다.

그래서일까. 나에게 있어 '엄마'라는 단어 그 자체는 너무나도 여리고 깨끗하게 들리기에, 감정적으로 통제할 수 있는 부분이 아니었다. 어쩌면 그녀도 그런 응원 속에서 자라왔을 거라는 생각을 했다. 그녀가 발음하는 엄마가 그러했다.

"그리고 이 말 꼭 하고 싶었어요."

여전히 꽃다발이 들린 한 손의 등을, 다른 손바닥이 계속 두드리고 있었다. 무엇을 말하려고 하는 걸까. 나는 그다음에 이어질 말이 몹시 궁금했다.

"나랑 결혼해 줘서 고마워. 나는 너랑 결혼하고 좀 더 좋은 사람이 됐어."

절로 미소가 지어졌다. 얼마나 진심 어린 꽃다운 고백인

#

사랑이라는 씨앗을 발아시키기 위해

우리 자신에게 늘 괜찮다며 다독일 용기가 필요하다.

우리는 괜찮은 삶을 살아 낼 힘이 충만히 있으니까

가. 마음이 가득히 개화하는 기분이었다. 누군가가 내 삶에 머물러주기에 내가 성장할 수 있는, 그러니 내가 '덕분에'라는 말의 화법을 좋아할 수밖에.

　나는 그 진심 어린 말씨에, 다정함에, 봄의 온화함을 입힌 듯한 그 고백이 몇 날이 지나도록 머릿속에 아른거렸다.

　이 영상을 발견할 수 있어서 다행이다. 내가 감사함을 표하는 자리를 좋아해서 다행이다. 나중에 생각나면 또 찾아봐야지. 마음이 힘들고 지칠 때 다시 한번 큰 위로가 될 것 같다.

#미모의 푸른 하늘

일하다 말고 맞은편 건물 유리창에 비친 구름을 바라보았다. 새털처럼 희고 가벼울 것만 같은 그런 구름을. 솜사탕 한 꼬집을 뜯어내었을 때의 모양과 너무나도 닮은 그런 구름을.

어릴 적엔 동네 어딜 가도 솜사탕을 만들어 파는 아저씨를 흔히 볼 수 있었는데, 요새는 왠지 대공원이나 축제 행사의 장소 이외에는 잘 발견할 수가 없다. 동심이 그때만치 못해서 못 찾는 건지는 몰라도, 유년에 있었던 추억 조각들을 오늘날에 와서 하나둘 수집하겠다는 건 좀처럼 쉬운 일이 아니었다.

엄마 손 꼭 붙잡은 채 장을 보고 돌아오던 날. 엄마가 길에서 사 준 솜사탕 하나를 뜯어 먹으며 집으로 되돌아오던 어린 시절이 어렴풋이 생각난다. 그때가 언제였을까. 나는 한창 엄마를 올려다봐야 했었고, 엄마의 등이 내 세상의 전부라 여기던 때였는데, 그때의 엄마는 어땠을까.

어떻긴. 그냥 지금의 내 나이 스물일곱에 불과했겠지. 두려움보다 책임감이 조금 앞섰겠지. 그저 해맑게 솜사탕을 뜯어 먹는 나를 보며 더 잘살아 보려 다짐했겠지.

사람이 죽기 직전엔 그동안 가장 고마웠던 사람이 머릿속에 스쳐 지나간다던데, 내게 그날이 오면 나는 과연 누구를 떠올리게 될까. 내 생에서 가장 많은 발음을 고르라면 분명 '엄마'라는 말일 것이니, 내 생에 첫 번째 발음도 '엄마'였고, 내 생에 마지막 발음도 '엄마'일 것이니. 결국 나는 늙어 죽기 직전까지 '엄마'라는 이름을 중얼거리며 떠나가는 사람이 되지 않을까.

바닥을 등지고 눕기 전에 다시 한번 저 모양과 닮은 구름을 올려다볼 수 있으면 좋겠다. 내가 한때 당신을 올려다보았듯, 나는 저 구름을 당신이라 생각하며 다시 한번 올려다보려 하는 날이 있겠지.

\#

나는 그런 당신이 참으로 눈부시다고 생각한다며,

내가 해 줄 수 있는 거라곤 그저 그 행적을 격려해 주는 것이고,

오늘 하루 마셔 볼 따뜻한 물 한 잔 건네주는 것이고,

내일을 지켜봐 주는 것이고, 마음에 빗줄기가 거세게 몰아치는 날엔

나도 함께 비에 젖어 드는 것이고, 그렇게 함께 걸어가고 주저없는

반복적인 것들을 함께 풀어 보는 게 전부일 테지만,

#색종이 쪽지

초등학교 2학년이었을 무렵, 하루도 빠지지 않고 교실에서 티격태격하던 짝꿍이 하나 있었다. 그 당시에도 나는 지금처럼 한결같이 무뚝뚝한 사람이었고, 짝꿍은 나와 달리 어느 집단에 속해도 통통 튀고 또 씩씩하면서도 사교성이 좋은 아이였다.

하지만 나에게만큼은 어째선지 쌀쌀맞은 아이였다. 내 교과서나 필기구가 그 아이 책상에 넘어가는 순간 나는 그 아이에게 팔을 꼬집혔고, 급식에 맛있는 반찬이 나오면 지나가면서 하나씩 뺏어 먹는다든지, 새로 산 필기구를 자기도 써 보고 싶다며 가져가 놓고는 잃어버리고 온다든지. 누가 보아도 내가 그 아이로부터 괴롭힘을 당하는 입장이었다.

자기 친구들에겐 늘 좋은 사람이면서 나한테는 왜 그렇게 못살게 굴던 건지, 나는 한동안 그 아이에게 미움과 서운함을 느꼈다.

하교 시간이 되면, 그 아이는 나에게 "또 뜨개방 가는 거야?" 하고 물었다.

그렇다. 나는 매일 학교를 마치면, 집보다는 어느 한 뜨개방으로 걸음을 옮기곤 했다. 그 뜨개방은 우리 고모가 운영하시는 공간 겸 집이기도 한 곳인데, 나에겐 그곳이 집보다 더욱 집처럼 느낄 수 있는 곳이기도 했다.

가게를 들어서면 눈앞은 알록달록한 실뭉치들로 가득하다. 그 사이를 비집고 안쪽으로 들어가면 문이 하나 더 나오는데, 그 문을 열고 들어가면 고모가 지내시는 작은 방이 하나 나온다.

나는 책가방을 멘 채로 그곳에 들어가 저녁밥을 먹을 시간까지 혼자서 조용히 놀곤 했었다.

하루는 학교에서 몸 상태가 너무 좋지 않아, 조퇴를 하던 중이었다. 신발장에서 신발을 갈아 신는 중, 어디가 아픈 거냐며 다가오던 그 아이에게 나는 "너 때문에 아픈가 봐."라고 대답했다.

"뭐래."라며 시큰둥하게 쳐다보고는 또 내게 물었다.

"오늘도 뜨개방 갈 거지?"

"응."

나는 병원에 들러 약을 처방받은 뒤, 여전히 뜨개방으로 찾아가 방 안에서 이불을 펴고 약을 먹고 낮잠을 잤다. 약에 취한 채로 한참을 자다 깨어난 나는 목이 말라 거실로 나섰다. 그때 거실에 앉아 있던 고모가 내게 무언가를 내미셨다. 색종이로 접은 쪽지 한 장이었다.

나는 "이게 뭐예요?"라고 고모에게 물었다.

"응, 네 친구가 왔다 갔어. 너가 여기 있냐고 물어보길래 약먹고 자고 있다고 했지. 그러더니 너 일어나면 그거 보여 주라면서 그냥 가더라."

고모는 내 손바닥 위에 쪽지를 올려주셨다. 나는 곱게 접힌쪽지를 조금씩 펼쳐 보았다.

'아프지 말고 빨리 나와 이 바보야'

색연필로 쓰인 삐뚤빼뚤한 글씨가 색종이 한 장을 가득 채울 만큼 큼지막하게 쓰여 있었다.

　'나아'라고 쓰려던 걸 '나와'라고 잘못 쓴 건지, 정말 말 그대로 빨리 나오라는 의미였던 건지는 지금에 와서 생각해 봐도 알기 어렵다. 나에겐 미운 사람이었지만 그래도 웃음을 전하던, 내게 분명 나쁘지만은 않은 추억이었던 거겠지.

　이 편지가 오늘날까지 나에게 크게 관여할 수 있었던 기억의 편린인 건 맞다. 서툴러도 좋으니 감정은 누구에게나 진정성 있게 표현하자는 다짐을 하게 된 계기이기도 하니까.
　솔직한 마음을 표현해 주는 사람이 곁에 머문다면 사는 게 위안이 되고, 힘든 일이 조금은 덜 힘들게 되지 않을까. 누군가가 나를 걱정해 주고, 내게 안부를 물어봐 주고, 내일은 뭘 할지 궁금히 여겨 주는 사람과 사랑하고 싶다. 앞으로 살아 낼 나날들이 따스할 거다.
　서정적인 표현을 편지지에 한가득 채우는 걸 좋아하지만, 가끔은 저런 솔직담백한 문장 한 줄만으로 누군가의 입가가 올라가는 모습을 보면 내 하루가 즐거울 테지.

오늘은 날씨가 좋다. 햇볕도 은은하게 내리쬐고 있으니, 오랜만에 나무 그늘 벤치에 앉아 잠시 눈을 감고 싶다. 그 친구가 지금은 어디서 뭘 하고 있는지 모르겠지만, 지금 주변에 있는 사람들 덕분에 힘들 때 하늘 한 번 올려다보고 숨을 크게 내쉬는 어른이 되었길 바란다.

#

희망이라는 길을 따라 걷던 당신이 깨지고 치이고

결국 주저앉는 날이 온다 해도,

그 조각이 결코 부질없는 결과로 초래되는 것은 아니다.

아무렴 꾸준하길 바란다.

세상은 뜻하지 않은 부분에서 결실을 맺게 될 것이다.

다시 일어서서 새로운 희망을 찾아 나서는

당신의 면모는 그저 사랑스럽기만 하다.

나는 그런 당신의 앞날을 축복한다.

05

축복을

빌어요

#어느 가족을 보면서
나는 많은 정을 배웠습니다

불광동에 살았을 적에, 일을 마치면 자주 가곤 했던 치킨집이 있었어요. 그 가게는 제가 살던 집 바로 근처에 있다 보니 가게 사장님하곤 동네 주민처럼 스스럼없이 지내곤 했었죠.

그 사장님에겐 유치원을 다니는 작은 아들이 하나 있었는데요, 가끔은 가게를 방문하는 김에 유치원생 아이가 먹을 만한 간식거리라도 사 들고 가는 게 제 일상의 소소한 낙이었어요. 감자맛 과자랑 포도맛 아이스크림을 유독 좋아하던 아이는 가게 테이블 한구석에서 제가 사 온 간식을 집어 먹어 가며 스마트폰으로 애니메이션을 보는 시간을 즐겼어요. 저는 좋아하는 것들이 가득한 그 아이만의 공간에, 약간이나마 즐거움으로 채워 주고 싶었나 봐요.

197。

우리 모두가 그렇잖아요. 어느 환경에서든 내가 좋아하고 나를 지킬 수 있는 작은 공간 한 뼘쯤은 있어야 살아갈 수 있다는 걸 말이에요. 저에겐 그 작은 가게가 숨을 들이마실 수 있는 공간이었습니다. 동네를 오갈 때마다 늘 지나쳐야 하는 곳이었고, 유일하게 웃으면서 인사드릴 수 있는 곳이었어요. 걸걸한 숨을 내뱉었으면 새롭게 신선한 숨을 들이마셔야지요.

귀중한 추억거리들이 많았다면 많은 곳이었습니다. 언제는 새벽에 혼자 밖을 나와 근처 놀이터에서 아이스크림 같은 걸 먹고 있을 때, 가게 사장님께서 저를 발견하시곤 배고프진 않냐며 가게로 데려와 밥을 먹어 주셨던 기억도 슬쩍 떠오르네요.

어느 날은 대낮에 그 놀이터를 지나다니다 가게 사장님의 아이를 발견했어요. 그 아이는 무릎에 상처가 난 줄도 모른 채 놀이터를 이리저리 뛰어다니고 있었고요. 무슨 일이 있었던 건진 모르겠지만, 아파하지도 않고 울지도 않고 마냥 씩씩하기만 한 아이의 모습이 내심 대견하다 느껴졌어요.

이 아이만 할 때의 나는 어떤 아이였는지 문득 떠올려 봤어요. 돌이켜 보면 저의 유년기는 어디를 나가기만 하면 피를 본 채로 집에 들어가는 일이 잦았던 시절을 보냈어요. 친구와 싸웠다거나 하던 건 아니고, 워낙 경각심 없이 여기저기를 나다니더니 결국 사고를 불러일으키게 된 거지 싶어요.

저는 신호등이 없는 도로에서 무단횡단을 하다 차에 치여 다리를 잃을 뻔한 적도 있었고, 목줄이 풀려 있던 덩치 큰 개에게 접근하다 결국엔 팔을 물려 이리저리 끌려다니기도 했었고, 입간판이나 철조망 등에 부딪혀 코와 손이 찢어지기도 하던 아찔한 경험들이 다양했어요. 그런 일이 있었을 때마다 저는 엄마와 같이 울며불며 껴안고 있었던 장면이 가끔 머릿속에 떠오르네요.

좋게 생각한다면, 제가 살던 동네는 그 이후로 어린이 보호구역 및 횡단보도와 신호등이 많아졌고, 불법 입간판은 전부 사라지고, 녹슨 철제물들을 대거 철거하는 등의 크고 작은 변화들이 생겨났어요. 다시 생각해 봐도 참 아찔한 사건들이었지만, 가끔 고향에 방문할 때마다 저는 변화한 동네를 보면서 "저거 다 내가 만들게 한 거잖아."라는 철없는 소리를 무심코 내뱉기도 합니다. 훗날 제 자식이 제 앞에서 그런 소리를 한다고 했을 때 저는 어떻게 반응을 하게 될까요. 차마 뭐라 할 수는 없을 테고 마냥 한숨을 내쉬고 있지 않을까요. 우리 엄마가 그랬듯요. 아무렴 지금까지 무탈하게 잘살고 있다는 게 중요하죠.

사실 제게 잔소리를 해 줄 사람은 우리 엄마밖에 없어서, 그래서 일부러 철없는 마음을 내세우고 까불고 있는 걸지도 몰라요. 성인이 된 이후로 제게 화를 내 줄 사람은 이제 몇 없으니까요.

당시 겪었던 자잘한 충격에 의한 것인지, 지금의 저는 주변인들에게 작은 실수에도 죄송하거나 미안하다는 말을 습관처럼 내뱉곤 해요. 모든 게 내 탓 같고, 나만 아니었다면 이런 일은 없었을 텐데 같은 부정적인 생각에 잠식되는 경우도 어쩌다 간혹 생기고요. 나부터 나를 위로하고 달랠 줄 안다면 좋겠는데 글쎄 참 어렵네요. 마음이 평안할 땐 나름대로 감정이 조절된다고 생각하는데, 모든 일이 내 맘처럼 이루어지지 않다고 느껴지는 때에는 길을 조금 헤매곤 하는 경우가 있습니다.

어쩌면 제 조심스러운 성격은 그 시절 엄마 품에서 엄마 얼굴을 올려다보았던 때부터 쭉 멈춰 있는 건지도 모르겠어요.

\#

나는 보다 더 나은 내일을 살아갈 수 있을 테니,

무수한 잠재성을 지닌 당신의 나날이 다채롭길 바라며

나는 그 행보를 뜨겁게 응원하겠다.

그 아이를 떠올리니 제 유년의 여러 가지 사건들이 생각났네요. 다시 현재로 돌아와, 저는 가방 속에 들어 있던 반창고 한 개와 연고를 꺼내 아이의 무릎에 붙여 줬어요. 훗날 그려 나갈 미래도 저렇게 주저 말고 휘청거리지 않길 바라는 마음을 담아서요.

저는 그 아이가 엄마 아빠에게 죄송하다는 말을 꺼낼 일이 잘 없이, 홀로서도 잘 일어날 줄 알고 지금처럼 씩씩하게 뛰놀아 주기를 바랐습니다.

가끔 추억 속에 갇혀 있는 시간을 걷다 보면, 그 순간을 머물러 있던 사람들이 떠올라요. 특히나 그 치킨집이 생각날 때면 지금 살고 있는 동네 근처에 그 집과 같은 브랜드의 치킨을 시켜 먹곤 했습니다. 물론 그 가게에서 먹어 왔던 것만큼 맛있게 느껴지진 않습니다만, 단지 추억을 사 먹을 수 있다는 기분으로라도 만족해 보려는 거지요.

최근에 다른 사람이 운영하고 있다는 소식을 들었습니다. 그래서 그 가족이 가게를 관둔 이후부터는 어떤 하루를 보내고 있는지 알 수 없지만, 아무쪼록 뭐든 잘해 내시며 살아가실

거란 믿음이 있습니다. 바라는 건 그저 가정이 무강한 것. 그거면 충분하겠습니다. 힘든 삶인 만큼 곁을 지켜 주는 가족들과는 웃어야지요. 사장님도 사모님도 그리고 굳건하던 그 아이도 모두가 서로를 위한 씩씩한 반창고가 되어 주기를 바라면서 저는 오늘 하루를 안온히 마칩니다.

언제나 응원합니다. 따뜻하게 살아가세요.

#낙화하는

모든 것들을 추모하며

은행나무가요, 이별의 순서를 모르는 거 같아요. 어떤 잎은 바짝 타들어 갔음에도 여전히 가지에 매달아 둔 것이 있는가 하면, 어떤 잎은 한창 파릇한데도 불구하고, 가지는 하루가 급하게 지면 위로 떨어뜨리고 말아요.

최근에 거리를 거닐다 산들바람에 의해 낙엽 비가 쏟아져 내리는 모습을 보았어요. 하지만 그 잎들의 색깔을 보니 낙화하기엔 아직 한참 이른 감이 있어요. 왜 그래야만 하나 싶을 정도로, 내가 경험하고 있는 지금의 이 계절은 어긋나고 어중간한 것만 같아 때때로 고개를 갸웃거리게 되네요.

혹시 정약된 이별을 마주한다면요, 이별의 끝이 과연 아름

다룰 수 있을까요. 전 아직 안 해 봐서 모르겠어요. 하지만 잔인할 것 같다는 기분은 들어요. 주어진 시간과 줄어드는 시간에 가슴을 옥죄이며 날마다 아파하고 있을 테니까요. 그렇다고 예고 없이 홀연히 사라지는 게 낫다고 할 순 없을 거에요. 그 나름의 억울함과 공허함. 그리고 아픔도 똑같이 가져가야지요. 이러나저러나 멀어짐을 대하는 자세는 여러모로 복잡하고 낯설고 불편해요. 하지만 그러면서 살아가잖아요. 내가 지금 이게 사는 건지 참는 건지 구별하기 어려운 생을 호흡하고 있잖아요.

계절은 돌고 돌아 다시 돌아온다곤 하지만요, 글쎄요. 기억도 추억도 사람도 때가 되면 물 흐르듯 어딘가로 사라지기도 하는데, 그런 뒤에 돌아오는 계절이 과연 내게 무슨 의미로 남아 있을까요. 그런 고민을 거듭하다 보면 계절은 계속해서 시들고 죽어가는 거라는 생각도 마다할 순 없네요. 되돌릴 수 없는 것들과 날마다 이별하고 있어요. 아니, 사별하고 있는 걸지도 모르죠.

앞으로 보내게 될 여생도 늘 이런 식일 거에요. 참고 또 한 번 참아 내며 내일을 호흡하고 있겠죠.

[#]내 이름에 걸맞게
살아가고자 합니다

제 이름은 이정영입니다. 곧을 정(貞)에 길 영(永)자를 썼어요. 올곧은 방향으로 길게 뻗어 나아가라는 뜻을 지녔습니다. 이름에 동그라미가 네 개나 들어가기 때문에 성격도 둥글둥글합니다.

제가 어렸을 적엔 이 이름을 그다지 좋아하지는 않았어요. 좀 더 발음이 멋지고 울림이 좋은 어감의 이름을 갖고 싶었거든요. 많고 많은 이름 중에서 왜 하필 이 이름이어야 했을까 싶었는데, 지금은 그 의미를 곱씹어 보니 어느 시점부터 저는 제 이름을 좋아하게 되었어요.

하지만 여전히 의미에 걸맞은 사람인지는 잘 모르겠습니다. 오늘까지도 딱히 타인을 위해서 행동한 적은 그리 많다고 여기지 않고 있으니까요. 누군가를 마주할 때 그 사람의 입장을 고려해서 여러 가지의 생각을 거쳐 가며 대하려고 하지만, 솔직히 그마저도 오로지 저만을 위한 행동이었을 수도 있다는 게 더욱 근접한 표현인 것 같습니다.

유년 시절부터 다져 온 타인에게 익을 건네는 삶을 살고 싶다는 꿈은 오늘까지도 크게 변하진 않았지만, 정작 스스로가 옳다고 믿는 행실을 하며 살아왔는지에 대해서는 간간이 의문이 들곤 하지요. 그나마 이 마음가짐을 여전히 의심하고 있다는 걸 다행스럽게 생각하고 있습니다.

무언가를 대하기에 앞서 거만하거나 자부하지 않으려 노력하는데 과연 어떨는지요. 가끔 누군가가 제게 고맙다고 표현해도 미안한 마음이 먼저 듭니다. 받아들이기에 살짝 낯간지럽기도 하고요. 그래서 나는 그저 당신의 삶을 거쳐 가는 수많은 사람들 사이에 하나일 뿐이니, 고맙단 말 대신 본인이 좀 더 괜찮은 사람이 되어 보며 앞으로 나아가라고 말합니다.

저는 세상의 주체가 나 자신이라고 굳게 믿어 왔었어요. 하지만 지금은 조금 다릅니다. 내 주관만을 고집하는 삶이 부끄러워졌거든요.

늘상 도전하는 대부분의 일들은 분명 설렘을 안고서 시작하곤 하지만 어느 순간부턴 힘이 부치는지, 이리저리 휘청이는 채로 앞을 걸어가게 되곤 해요. 후회스러운 마음도 마냥 없다고 할 순 없겠지만, 그 와중에 웃음이라도 많아서 다행이란 생각으로 버티곤 합니다.

어제에 대한 그리움도, 내일에 대한 걱정도 늘 많을 겁니다. 그렇지만 주어진 환경을 그대로 살아 낼 생각이에요.

앞으로도 종종 지치면 주저앉기도 할 거고, 제자리에 머무는 듯한 기분이 느껴질 땐 그간 얼마나 걸어왔는지 뒤를 종종 돌아보려고요. 바라는 게 있다면, 부디 내 이름 석 자 대로 내가 걸어온 다양한 발자취가 필히 거쳐야만 했던 올바른 자국으로 남겨졌다고 여길 수 있다면 좋겠습니다.

내일도 이름에 걸맞은 사람이었으면 하는 바람입니다.

\#

세상의 온도가 사람과는 잘 맞지 않아서,

이왕이면 사람이 사람을 덮어 주려는 거다.

살아 있는 동안 사랑하며 살겠다.

#여름을
떠나보내며

　무더위가 꺾이고 나면, 계절은 여름과 가을 사이 어딘가에 존재한다. 뭐라 딱히 칭할 게 없는 그 공백의 계절은 하늘을 한껏 푸르름에 이르게, 또 구름 한 점 없이, 그 어느 때보다 청명함으로 가득 물들인다.

　나는 이 하절의 끝자락이 좋다. 막혀 있던 숨통이 드디어 트이는구나 싶어진다. 폐 속 깊은 곳으로 들어오는 공기의 무게가 산뜻하게 느껴진다. 이 순간이 마치 우리들에게 전하는 시절의 소중함을 일깨워 주는 찰나가 아닐까 하고 생각한다.

　하늘을 올려다보며 가볍게 숨을 들이마시는 순간만큼은 웃을 수 있으면 좋겠다고 그 마음을 곱게 접어 가슴 속에 담아 둔다.

내일은 웃을 수 있을까. 매일을 웃으며 살 수 있을까. 웃는 날이 많은 삶을 살아가고 싶다고 속으로 중얼거렸다.

살갗을 스치는 포근한 바람결에 몸을 맡겨 나는 포옹 한 번 받아 냈다고 꽤 기분이 좋아진다. 남은 하절은 이런 미미한 따스함으로 채우고 싶어졌다.

무언가를 열심히 갈망하고 먼 길을 내다보며 지금을 그저 묵묵히 버텨 내야만 하는 시기가 있다면 그건 아마도 푸른 봄에 접어들었다는 신호일 테지. 누구에게나 그런 순간이 있다. 상상만으로도 미소가 지어지는 내 훗날의 꿈이 자꾸만 눈앞에 아른거리며 그려질 때가.

분명 지금의 내 삶이 마치 냇가에 비친 물비늘과도 같은 그런 찬란함으로 가득하게 여겨지곤 할 테다. 나는 예나 지금이나 언제라도 그런 행복한 순간들을 잔뜩 거머쥐며 살아가고 싶다. 혹 결과가 내 생각과 무관하게 흘러간다고 한들, 과연 봄이 저문다고 표현할 수 있을까.

안 되는 걸 억지로 붙잡아 가며 지내던 시절이 있었다. 어렵지 않은 길도 많은데 왜 굳이 황무지가 펼쳐진 여정을 선택하고서는 하염없이 지쳐가고 좌절하기를 반복했을까. 나를 지켜보던 한 동료가 그랬다. 장작과 기름이 없는 환경이라도 스스로 알아서 잘 타오르는 사람이 있는가 하면, 물 한 방울조차 없는 곳에서 서서히 익사하고 있는 사람도 있을 거라고. 그리고 나는 후자에 가까운 사람이랬다.

그 말에 나는 가슴 깊은 곳에서부터 차오르는 저릿함에 작게 탄식했다. 왜들 그렇게 딱한 표정들로 나를 바라봐 왔는지 그제야 이해가 가기 시작했다. 그간 느껴 왔던 왠지 모를 중압감. 뒤돌아서면 다신 돌아올 자리가 없을 거라는 두려움. 아아, 당장 오늘만을 살겠다 다짐하며 그저 열심히 땅을 팠을 뿐인데, 그게 내 묫자리가 되어 가고 있었던 건 아니었을까. 나를 향한 몇 안 되는 이들의 응원 속에 안타까움이 묻어 있었음을 그제야 이해하기 시작했다.

창피하다. 하루하루 무지함으로 쌓여간다. 그렇다고 해서 나는 곧이곧대로 쓰러지지도 않았다. 별다른 방안이나 생각은 없었다. 그간 파헤쳐 오던 행동을 멈추지 않고 늘 그랬듯 하염없이 계속 이행한다. 깊은 동굴 속 어둠을 향해 서서히 침잠해간다.

무엇을 바라보고 나아갈 수 있느냐 내게 묻는다면 글쎄, 사실 잘 모르겠다. 굳이 대답하자면 나는 나의 무지함이 때론 용기가 될 수도 있다고 말하고 싶다. 나는 분명 고집불통이다. 누군가는 현명하지 못한 판단이라고 해도, 내가 걸어온 길은 늘 이래왔다며 변함없이 똑같이 행동할 뿐이다.

크고 작게 일렁이는 삶이다. 계절은 계속해서 순환하고, 인간에게 주어진 삶의 초침은 늘 고통스럽게 돌아간다. 나 하나 제대로 피워 내기 어려운 봄이다. 그래도 꼭 피워 내고 싶은 봄이다. 목적 없고 확신 없는 시간 속에서도 난, 포근한 나날을 꿈꾸며 무지하게나마 오늘을 개화하고 저물기를 반복한다.

#축복을 빌어요

장미가 필 무렵부터 나는 맑은 날 표시가 띄워진 날짜에 동그라미를 그려 넣곤 한다. 딱히 무슨 의미가 있어서 그런 건 아니고, 그냥 빛이 좋은 날들을 따라다니고 싶었던 게 아닐까. 어쩌면 고갈되어 가는 희망의 불씨를 채워 보려 하던 건지도 모른다.

바쁜 나날 속에서 지하철을 타기보다, 조금 돌아가더라도 버스를 타길 더욱 선호하던 걸 보면 나는 그 희망을 피부로 자주 느껴 보고 싶었나 보다. 여유가 있다기보다는 잠시나마 좋아하는 것에 기대어 볼 수 있는 유일한 시간이었던 건 아니었을지.

누군가와 지내던 시간이 바래질수록 함께 나눠온 목소리는 더 이상 대화가 아닌 독백이 되어 버리는 것만 같다. 서점이든, 카페든, 주변에 휴식할 수 있는 공간들이 늘어날수록 편안함을 느끼고 싶은 사람들이 주위에 참 많은가 보다 하는 생각도 덩달아 늘어간다. 흔히 발견할 수 있다는 건 그만큼 찾는 사람도 흔하다는 거니까.

다들 피로한가 보구나. 내가 나 자신에게 기댈 수 있는 능력을 타고났더라면 사는 게 조금은 덜 외롭지 않을까. 나는 그리 단단한 사람이 아닌지라 항상 무언가를 의존하며 살아왔는데, 요즘은 밝은 빛에 기대어 살아 내려나 보다. 햇살과 초록이 가득한 장소에 내가 줄곧 존재하는 삶을 꿈꾸며 오늘을 달래 본다. 보기만 해도 생기로운 기운이 가득히 돋아나는 곳에서 희망을 품고 살아가는 사람이고 삶이고 싶다.

빛에 대한 이상을 지닌 채로 세상을 나아가다 보면 나도 언젠간 누군가에게 그런 편안한 사람이 될 수 있을까. 단 한 명이라도 좋으니, 내게로 찾아오는 일이 그 사람에겐 즐거운 일이었으면 좋겠다. 한치의 앞도 모르는 모두의 삶이 너무 야박하지만은 않았으면 좋겠다. 나에게도 당신에게도 너무 멀지 않은 곳에 편안함이 있기를.

#귀가

마지막 열차를 타고 집으로 돌아가는 길. 열차 칸은 생각보다 많은 인파로 붐볐고, 같은 방향으로 이동하던 사람들은 다들 저마다의 사연을 끌어안고 집으로 향하는 듯 보일 뿐이었다.

오늘은 유난히 지치는 하루지 싶었다. 이 늦은 시간까지 바깥을 서성여가며 매일을 살아 낸다는 것이 정말 보통의 일일까. 나는 비어 있는 좌석 하나를 발견하고 그곳에 다가가 앉았다.

나는 고개를 들어 주변을 살폈다. 어떤 사람은 좌석에 앉자마자 팔짱을 낀 채로 잠들기도 했고, 또 어떤 사람은 벌겋게 달아오른 얼굴을 바닥에 떨군 채 골골대는 목소리로 누군가와 통화를 하기도 했다. 내 옆에 앉아 있던 사람은 서류 같은 종이들을 훑어보고 있었고, 아무것도 하지 않고 허공을 멍하니 바라보는 사람도 있었다.

창문 바깥은 어두컴컴하니 무엇 하나 보이지 않았고, 맞은 편 유리창에 비치던 퀭한 내 모습은 이 열차에 승차한 사람들과 비교할 바 없이 잘 어울려 보였다.

그나저나 다들 어디서 내리는 걸까. 내리면 또 환승을 해야 하는 사람도 있을 텐데. 그렇다면 앞으로 집까지는 얼마나 더 가야 하는 걸까. 아, 무엇을 위해서 이렇게까지 살아 내는 건지 참.

여러 생각에 잠기던 중, 잠에서 깬 누군가가 열차 창밖을 이리저리 살피더니 황급히 바깥으로 뛰쳐나가는 모습을 보았다. 내려야 할 곳을 잘 맞춰서 내린 건지, 진작에 내렸어야 할 곳을 지나친 건지는 모르겠다.

나는 성격이 둔한 탓에 긴장의 끈을 놓는 순간 온몸이 나른해지고 정신마저 희미해진다. 맨정신으로 내려야 할 역을 지나친 적이 나에게 몇 번이나 있었을까. 수도 없이 많을 것이다.

열차 칸은 마지막까지 분주하다. 하지만 그 분주함 속에는 공허함과 안타까움, 그리고 쓸쓸함으로 이루어져 있다. 사람들이 있음에도 불구하고 말이다.

나도 가끔은 내려야 할 구간을 놓쳐 다시 반대편 열차로 되돌아가곤 하던 날들이 떠올랐다. 열차뿐만 아니라 사는 일이 그랬다. 내가 가고 있는 이 길이, 하고 있는 이 일이 과연 맞는 노선과 지표인 걸까. 진작에 내려야 할 구간을 뒤로하고 모르겠다는 식으로 그냥 나아가고 있는 건 아닐까.

정답이라 할 건 없다. 목적지가 어딘지, 이정표는 옳은 방향을 잘 안내하고 있는 건지 확신하고 판단하는 건 오로지 내 몫이다.

합정역에 도착했다. 번잡하게 느껴지던 낮의 분위기와는 달리, 자정 무렵의 이 공간은 마냥 휑하기만 했다. 나는 역 안을 가로질러 8번 출구 바깥으로 나왔다. 숨을 들이마시는 순간 외부의 냉한 공기가 폐를 타고 흘러들어 왔다. 가슴이 차갑게 식어 내림과 동시에, 입에서는 곧장 얼어 버릴 것처럼 느껴지는 김이 새어 나왔다. 나는 은연중 이 찰나를 관찰할 여유가 아직도 있다는 것이 마음에 들었다.

이제 집까지 도보로 10분. 나는 소음이 없는 골목 한가운데에서 밤하늘을 올려다보며 집으로 향했다. 이제 걷는 일만 남았으니, 얼마 남지 않은 하루의 끝을 밤하늘과 함께 충실해 보기로 했다. 느릿한 발걸음을 이끌며 가장 나다운 10분의 시간을 하늘과 함께하기로 했다. 내일도 힘든 하루가 지속될 테지만 뭐든 잘 흘러가겠지.

[#]우리는

　그렇게 죽어가기에

　하루를 살아간다는 건, 죽음으로 한 걸음씩 옮긴다는 것. 매일을 이별처럼 여길 줄 안다는 건, 내게 주어진 삶이 얼마나 소중한지를 안다는 것. 하고 싶은 일이 없더래도 하루가 무사하면 다행인 일이고, 보고 싶은 사람이 없더래도 내 눈으로 보고 싶은 것들이 있다면 다행인 일이다.

　사랑하기에도 포용하기에도 시간은 턱없이 부족하다는 걸 알면, 우리는 오늘을 좀 더 웃으며 살 수 있게 된다.

활력을 되찾는 날

너에게 고맙다고 전해야지

처서가 지나고서도 기온이 32도를 웃도는 날씨에, 나와 거울이는 여전히 방바닥에 널브러져 있다. 대체 언제쯤이 되어야지 우리가 지내는 이 환경이 다시 편안함을 되찾을 수 있을까.

나는 옆으로 축 늘어진 채 누워 있는 거울이 옆에 함께 누워 서로의 눈을 마주했다. 적당한 거리에서 숨을 고르고 아이의 표정에 집중한다. 자기도 내 눈을 지그시 바라만 보고 있다. 나는 털이 수북하게 감싸여진 배 위로 손을 가져다 댔다. 부드럽고 폭신폭신한 촉감을 뒤로 하고 뜨거운 열감이 느껴졌다. 거울이는 지그시 눈을 감았다.

우리는 지칠 대로 지쳤다. 매년 여름과 겨울이 올 때마다 느껴지는 기온의 무력감에 몸과 마음을 가누지 못한다.

너도나도 참 무더운 시기를 보내고 있구나. 얼른 집 안으로 시원한 바람이 불어 들어왔으면 좋겠어. 너는 창문에서 하늘을 올려다보고, 나는 그런 너를 보며 조용한 가을을 느끼고 싶어. 이제 곧 지나갈 테니 조금만 더 버티자.

[#]알지 못할 뿐

행복은 언제나 지속 중이다

'하루를 충실히 살아보자.' 아침마다 내가 외우곤 하는 작은 주문이다. 충실하다는 게 꼭 바쁜 일정들을 만들거나 소화하겠다는 것은 아니고, 나 스스로가 만족할 수 있을 정도의 작은 시간을 할애하여 일련의 약속들을 지켜 내는 것이다. 이를테면 아침 혹은 저녁에 짧게나마 운동을 한다거나, 몇 꼭지 안 되는 분량의 책 읽기 같은 간단한 것들 말이다.

언제는 날씨가 덥기도 하고 해가 일찍이 밝아져서 그런지 이른 새벽 시간부터 눈이 떠졌다. 나는 그 시간에 다시 잠에 드느니, 차라리 바깥을 나가 아직은 잠든 세상의 고요함을 만끽하는 편이 좋을 것 같다고 생각했다. 그러면서 외출을 나서 보던 걸 시작으로, 이제는 산책이 하루 중에서 가장 유복하다고 말할 수 있게 되었다. 내 하루가 분명함으로 채워지는 것이다.

약속은 신뢰의 기반이다. 정해 놓은 일을 매일 같이 지켜 낸다는 게 결코 쉬운 일이 아니다. 그걸 해 낸다는 것은 곧 나를 치켜세우게 되는 것이고 나에 대한 믿음도 덩달아 키워 내는 것이다.

나는 불안함보다는 온화함 속에서 오래 살고 싶다.

#나의 소임

양식이 존재하는 모든 것들을 가능한 많이 품고, 추억하고, 추모하는 것이 내가 사는 삶의 이유이다. 포용할 수 없는 세상에서는 내가 존재할 필요가 없어진다. 타인의 손에 온기를 쥐어 주고, 마음에 꽃밭을 가꿔 주고, 입술에 예쁨을 새겨 주는 일은 내가 살아 숨 쉬고 있음을 알게 해 준다.

나인 채로 살아가라는 말의 의미가 내게는 타인을 만들어 가란 것처럼 들린다. 그것을 나의 소임처럼 여긴다. 세상의 온도가 사람과는 잘 맞지 않아서, 이왕이면 사람이 사람을 덮어 주려는 거다. 살아 있는 동안 사랑하며 살겠다.

#나는 시기마다 찾아오는
계절이 아니다

    행해지는 대부분의 일들에 의미를 부여한다. 나와는 잘 맞물리지 않는 분위기나 시간을 선택하더라도, 내가 이것을 실천하고 경험하고자 하는 태도만으로 내공 단 한 줄만큼은 쌓을 수 있지 않을까 하는 나름의 기대감과 즐거움이 동반한다.

    하지만 이따금 그 생각이 무뎌지고 무너질 때가 있다. 태도가 장기적으로 지속되다 보면, 이게 과연 나에게 있어서 정말 최선인 걸까 하는 등의 자연스러운 갈등과 마주하게 된다.

    그러나 나는 갈 수 있는 곳까지 부딪쳐 보아야 비로소 깨닫게 되는 성향인지라, 일단 시간이 주어진 한 생각이 어떻든 계속해서 걸음을 내딛곤 한다.

    시도조차 하지 않고서는 아무런 변화가 일어날 일 없다는 것도 잘 안다. 결국 해 봐야 아는 사람이다. 해 본 만큼 아는 사람이다. 내려놓아야겠다는 확신이 생기면 그때 과감하게 내려놓고 다시 새로운 무언가를 찾아내면 그만인 것처럼 산다.

우려가 되는 건, 근심과 걱정이 분명하게 수반되는 행동이란 거다. 이리저리 휘청이는 데도 멈추지 않고 지쳐 주저앉을 때까지 걷는 것이니 말이다.

한번은 친구와 단둘이서 합정동에서부터 오이도까지 걸어서 도달해 보자는 다짐을 외쳐 본 적이 있다. 두 지역 사이의 거리만 해도 약 51km 정도 되는, 대장정이라고 하기엔 조금 부족한 느낌이니 중장정이라고 칭하면 되겠다.

이 중장정을 걷겠다니 당시 나는 무슨 생각이었던 걸까. 하염없이 걷고 걷는 이 길이 어쩌면 내 마음을 다져 보는 길이 될지도 모르겠다고 내심 믿었던 걸까.

하지만 결과적으로 우린 해 냈고, 들판과 나무들 사이를 누비며 지치는 기색 하나 없이 계속 나아가던 7만 보의 걸음과 9시간이 이 글을 쓰는 지금까지 생각날 정도로 내 마음엔 쏙 드는 추억인가 보다. 발바닥에 구멍이 날 것 같은 통증보다, 막힌 가슴이 뻥 뚫리는 듯 감정이 더욱 선명하다.

산다는 건 통증을 지닌 채로 서서히 낙화하는 일이다. 매일을 행복으로 살아 낼 수 없고, 그렇다고 매일을 아픔으로 살아갈 것도 아니다. 때론 웃고, 때론 울고, 때론 무뎌지고, 무던해지고.

연관성 없는 감정들이 수순과 달리, 어긋나게 밀려오고 쓸려 나간다.

나는 연관성이란 도무지 찾아볼 수 없는 시간을 만들어 내고 있다. 타인이 보기엔 어쩌면 허비에 가까운 삶처럼 보일 수도 있을 거다.

누군가는 내게 진작에 내려났어야지 하고 이야기하고, 또 누군가는 왜 아깝게 포기했냐고 이야기하고, 또 다른 누군가는 참 너답다고 이야기한다. 실망과 상심, 그리고 덤덤함 또는 인정을 내게 전한다.

하지만 나는 계절이 아니다. 아니, 우리 모두가 아니다. 봄이 떠나갔다고 다음이 여름이라 장담할 수 없는 나는, 우리는, 예측할 수조차 없는 당장 내일의 감정과도 같다.

추구하는 삶의 형태는 사람마다 다 다르지만, 다들 유랑하며 살고 있다는 건 일치한다. 그렇게 생각하니 내게 어떤 말을 건네든 그저 고맙게 들린다. 관심을 주는 사람들이 존재한다는 단 하나의 사실이 마냥 기쁘게 받아들여진다.

우유부단하게 빙빙 도는 것처럼 보일 수도 있다는 걸 전혀 인지하지 못하는 것은 아니다. 그렇지만 나는 나대로 나아가고 있다는 걸 내가 안다. 누구에게도 그걸 알아달라고도 믿어달라고도 말하지 않는, 그저 내 양식이 자리할 수 있는 삶으로서 천천히 흘러가고 싶어 할 뿐이다.

나는 이 삶이 싫지 않다. 언젠가 자리 한 곳에서 깊게 뿌리내리게 된다면, 변화를 두려워하지 않던 지금의 모습이 그날까지도 변함이 없고 싶다.

#

나는 무던함이라는 단어를 동경하곤 해.

광활한 우주처럼 나는 그렇게 무던히 고요해지고 싶어.

두려움 많고 서툴기만 한 우리,

그래도 빛이 나고 있다고 서로에게 말해 주자.

#피부는 차지만
가슴은 뜨겁게

가슴 뛰는 일보다 가슴이 차분해지는 일을 하는 게 내게는 더 어울리는 선택이란 걸 알게 되었을 때, 나는 매 순간을 기꺼이 태워 내며 살기보다는 내가 언제나 나로 있을 수 있도록 찬 성질을 지닌 삶을 꿈꾸게 되었다.

그렇다고 냉정한 사람이 되자는 건 아니고, 어느 바람에도 쉬이 흔들리지 않으리라는 굳은 마음을 가슴 속에 뿌리내리고 싶다는 거다.

벅차오르는 감정에 눈물을 쏟아 내다가도, 곧 이성으로 소화시켜 낼 줄 아는 그런 균형을 유지하며 해를 거듭해야지.

고민이 많았다는 건, 그만큼 치열했다는 거고

눈물이 많았다는 건, 그만큼 간절했다는 거고

상처가 많았다는 건, 그만큼 진실했다는 거고

후회가 많았다는 건, 그만큼 경험했다는 거고

실패가 많았다는 건, 그만큼 도전했다는 거고

믿음이 많았다는 건, 그만큼 다정했다는 겁니다.

올해도 참 따뜻하게 사셨군요.

고맙습니다. 사랑합니다.